Sarah Drews

Gruselgeschichte

Das Gruselhandy

Ausgespielt

Sarah Drews

Impressum
© 2020 „Das Gruselhandy - Ausgespielt" von Sarah Drews
Illustrationen: Anja Nehaus
Cover: Beate Geng
Lektorat: Wolfgang Brunner
Kelebek Verlag Inh. Maria Schenk Franzensbaderstr. 6
86529 Schrobenhausen   www.kelebek-verlag.de
ISBN 978-3-947083-42-8
Druck und Vertrieb BoD
Bibliografische Information der Deutschen Nationalbibliothek
Die Deutsche Nationalbibliothek verzeichnet diese Publikation in der Deutschen Nationalbibliografie; detaillierte bibliografische Daten sind im Internet über http://dnb.d-nb.de abrufbar.

1

Wie aus dem Nichts tauchte es direkt vor mir auf dem Bürgersteig auf. Erschrocken keuchte ich und blieb wie angewurzelt stehen. Bei dem, was ich sah, setzte mein Herz einen Schlag, vielleicht waren es auch zwei Schläge, aus, ehe es heftig zu pochen anfing.

Das schlangenförmige Wesen schwebte vor mir in der Luft und bedachte mich mit einem grimmigen Blick aus seinen leuchtend roten Augen. Es war gigantisch. So groß, dass es mich problemlos mit einem einzigen Bissen hätte verspeisen können. Ein Schlag seiner Schwanzflosse würde mich bis ans Ende der Straße katapultieren. Die drei Hörner auf seiner Stirn, mit denen die Kreatur mich aufspießen könnte, machten mir seltsamerweise keine Angst. Vielmehr war es das breite Maul mit den langen Barteln und den spitzen Fangzähnen, die mir eine Heidenangst einjagten.

Eine falsche Bewegung und alles wäre vorbei. Schon ein einfaches Augenzwinkern meinerseits konnte einen seiner berüchtigten Wutausbrüche auslösen, die letzten Endes nichts als Schutt und Asche hinterließen. Ich kannte das Ding. Nun lag es an mir. Ich hatte nur einen einzigen Versuch. Keinen mehr, aber auch keinen weniger. Wenn es mir jetzt nicht gelang, das Wesen einzuschüchtern, dann war mir seine todbringende Wut ziemlich sicher.

Eigentlich war es so gewiss wie das sonntägliche Amen in der Kirche. Also hob ich langsam den Blick und sah direkt in die kalten Augen meines Gegenübers, in denen blanker Zorn flackerte. Ich schluckte. Wie in Zeitlupe bewegte ich meine Hand Richtung Jackentasche. Meine Finger zitterten, als ich den einzigen Gegenstand, der mich retten konnte, umklammerte. Ich atmete tief ein und versuchte meine immer größer werdende Panik zu besiegen. Jetzt oder nie.

* * *

Ein harter Schlag traf mich. Vollkommen unerwartet und mitten aufs Kreuz. »Uff«, stöhnte ich und taumelte einen Schritt nach vorn, während ich versuchte, mein Gleichgewicht zurück zu gewinnen.

»Was geht ab, Nick?«, vernahm ich die helle Stimme meiner besten Freundin.

War klar, wer sonst würde mich in einer solchen Situation stören? Vor meinem geistigen Auge sah ich, wie sich meine Hände um ihren Hals legten. Ich verwarf das Bild und starrte stattdessen auf mein Handy. Durch das Auge der Kamera suchte ich den Gehweg vor mir ab.

Nur parkende Autos, Hecken und Häuser. Das konnte doch nicht wahr sein. »Verdammt, Laura!«, fluchte ich und bedachte sie dabei mit einem bitterbösen Blick, während ich ein weiteres Mal hektisch mit meiner Handykamera die Gegend inspizierte.

»Eigentlich heißt das: Hallo, beste Freundin, ja, mir geht es gut. Aber okay, dann höre ich mir eben ein ›Verdammt Laura‹ an, auch gut. Was machst du da überhaupt?«, erkundigte sie sich.

Ich spürte ihre Nase, wie sie meinen Hals streifte. Ohne mich umzudrehen, wusste ich, dass sich Laura auf ihre Zehenspitzen gestellt hatte, um einen Blick über meine Schulter werfen zu können.

»Was ich mache? Ähm, nichts. Absolut gar nichts«, fauchte ich und steckte mit einem leisen Schnauben mein Handy in die Hosentasche. »Die bessere Frage wäre gewesen: Wobei habe ich dich gestört?«

Ihr Gesicht verschwand aus meinem Augenwinkel, nur um eine Sekunde später direkt vor mir wieder aufzutauchen. Sie boxte spielerisch gegen meinen Oberarm und sagte mit honigsüßer Stimme: »Na gut. Also, wobei habe ich dich gestört?«

»Ich war gerade dabei, das superseltene *Garavos* zu fangen, als du auf der Bildfläche erschienen bist. Ich hatte nur noch einen einzigen Monsterball. Und der ist jetzt«, erklärte ich und deutete mürrisch auf eine Hecke, »sonst wo gelandet. Und das *Garavos* ist gleich mit ihm verschwunden.«

»Sag bloß, du spielst noch immer dieses dämliche *Fantasy Go*.«

»Dämlich? Das ist das genialste Handyspiel des Universums. Es gibt zahlreiche Studien, die belegen, dass sich Jugendliche dadurch mehr bewegen«, belehrte ich sie und versuchte erfolglos, ein überlegenes Grinsen zu unterdrücken. Dieses Argument zog auch bei meiner Mutter, wenn sie wieder nervte und forderte, dass ich doch lieber mehr im Freien spielen sollte, anstatt die ganze Zeit vor dem Handy zu hocken. *Fantasy Go* sorgte schließlich dafür, dass ich nach draußen ging und mich bewegte.

Laura schüttelte den Kopf. »Okay, wenn du meinst. Ich treibe lieber richtigen Sport.« Sie zuckte mit den Schultern und setzte sich in Bewegung. Als ich ihr nicht folgte, rief sie mir, ohne sich nach mir umzudrehen, zu: »Kommst du? Oder willst du weiter versuchen, deinen Wasserdrachen zu fangen? Dann wirst du aber zu spät im Unterricht sein.«

Ich stöhnte leise, denn im Grunde war es genau das, was ich in der Tat am liebsten getan hätte. Aber ich konnte es mir leider nicht erlauben, zu spät in die Schule zu kommen. Meine Noten waren zum einen nicht die Besten und Mrs. Jenkins hatte mir zum anderen mehr als deutlich zu verstehen gegeben, dass, wenn ich noch einmal zu spät käme, sie mich durchfallen lassen würde. Damit das nicht passierte, setzte Laura alle Hebel in Bewegung. Sie ging mir sogar morgens entgegen, damit ich auf dem Schulweg ja nicht trödelte.

In solchen Momenten fragte ich mich dann immer, warum Laura ausgerechnet mit mir befreundet sein wollte. Denn, mal ehrlich, wir waren völlig verschieden. Sie hatte eine kleine Statur, war sportlich und hatte eine knallrote, lockige Haarpracht. Während ich groß war, strubbelige Haare auf dem Kopf und vielleicht das eine oder andere Gramm zu viel auf den Rippen hatte. Jetzt nicht falsch verstehen, ich bin nicht dick. Auf keinen Fall, aber eben auch nicht athletisch wie einer der Jungs aus dem Footballteam. Aber auch sonst war uns nicht viel gemeinsam. Laura lachte meistens, war mutig und las gerne. Letzteres sogar, wenn sie mit ihrem Skateboard die Straßen unsicher machte.

Ich hatte zwar auch für gewöhnlich gute Laune, war aber äußerst schreckhaft und, wenn ich überhaupt Sport trieb, dann hauptsächlich mit den Daumen. Und trotzdem war Laura seit fast zehn Jahren meine beste Freundin. Als wir uns kennen lernten, war sie gerade nebenan in das leerstehende Haus gezogen. Ich war damals sehr schüchtern und hatte mir gemerkt, dass alle Jungs im Kindergarten sagten, Mädchen seien doof. Also fiel Laura für mich auch erst einmal unter die Kategorie ›doof‹.

Einen Monat nach Lauras Einzug bekam ich zu meinem vierten Geburtstag eine richtig tolle Schaukel geschenkt. Ich war gerade umständlich rauf gekraxelt und versuchte hochkonzentriert den Anschwung zu üben, als Laura wie aus dem Nichts vor mir auftauchte. Wie ich später erfuhr, war sie einfach über den Zaun auf unser Grundstück geklettert.

»Jetzt bin ich dran«, sagte sie bestimmt und stemmte ihre kleinen Hände in die Hüfte. »Na los, ich zeig dir, wie's geht!«

»Aber, das ist mein Garten und meine Schaukel«, hatte ich ein wenig bockig geantwortet.

Aber Laura hatte nur ihren Kopf geschüttelt und sich direkt vor mich gestellt. »Freunde teilen, merk dir das. Und wir sind Freunde!«

Ich machte also Platz und damit war die Sache besiegelt. Wir konnten von Anfang an immer über alles reden. Laura hörte sich sogar meine verrücktesten Fantasien an und spielte bei allem mit, was ich mir ausdachte.

Später begleitete ich sie zu ihren Sportveranstaltungen oder trug ihre Bücher, wenn sie mal wieder die halbe Buchhandlung leer gekauft hatte. Wir waren grundverschieden, hielten aber zusammen wie Pech und Schwefel.

Wir sind nicht nur Nachbarn, sondern auch beste Freunde, sagte sie immer.

Zumindest bis Anfang dieses Jahres wohnten wir nebeneinander, denn dann ließen sich ihre Eltern scheiden. An unserer Freundschaft änderte das aber nichts. Ich war und blieb ihr bester Kumpel, auch wenn sie nun ein paar Straßen weiter lebte.

Laura trennte eigentlich nur ein Katzensprung von der Schule. Trotzdem ging sie immer früher aus dem Haus, um mir entgegenzugehen und mich zum Schulgebäude zu begleiten, damit ich nicht zu spät kam.

»Hey Laura, warte auf mich!«, rief ich und lief ihr hinterher.

Als ich sie eingeholt hatte, fragte sie direkt: »Kommst du nachher mit zum Volksfest? Heute ist der letzte Tag.«

»Nur über meine Leiche!« Selbst wenn Laura mir alle Fahrten bezahlen und dazu noch eine riesige Portion Schmalzgebäck kaufen würde, der Jahrmarkt war und blieb für mich tabu.

»Du bist so ein Schisshase, weißt du das?« Sie schüttelte genervt den Kopf. »Glaubst du etwa immer noch die Geschichte, dass Kimberly letztes Jahr von einer Wahrsagerin verflucht wurde?«

Ich musste ihr nicht ins Gesicht sehen, um zu wissen, dass sie mit den Augen rollte. »Natürlich«, sagte ich voller Inbrunst und nestelte mein Handy aus der Tasche. Schon eine Minute später fand ich, wonach ich gesucht hatte. »Hier, sieh doch selbst, da gibt es noch weitere Personen, die verflucht wurden. Kimberly ist also kein Einzelfall.«

Laura stöhnte auf. »Oh Mann, das sind doch alles nur Geschichten, die sich jemand ausgedacht hat, um sich wichtig zu machen. Oder glaubst du auch noch an den Weihnachtsmann?«

»Sag am Ende auf keinen Fall, ich hätte dich nicht gewarnt«, antwortete ich nur. »Ich riskiere jedenfalls null, nada, niente. Und keineswegs so kurz vor Halloween.«

»Dir ist echt nicht mehr zu helfen.« Mit diesen Worten schien für Laura das Thema beendet zu sein.

Im gleichen Moment stürmte Emily aus dem Schulgebäude, was mehr als lustig aussah. Sie war nämlich nicht nur klein und pummelig, sondern trug auch immer rosa Kleider. Jeder nannte sie daher hinter vorgehaltener Hand Miss Piggy.

Laut sprach es natürlich keiner aus, denn ihrem Vater gehörte die beste Bäckerei im ganzen Ort. Und er gab ihr Tag für Tag leckere Sachen mit, die sie an uns verteilte.

Trotzdem konnte ich mir einen Spruch nicht verkneifen. »Brennt die Schule oder ist eine schlechte Note hinter dir her?«

Miss Piggy blieb stehen und schien kurz zu überlegen, ob die Frage ernst gemeint war. »Nein, aber ich soll dem Hausmeister seinen Hammer zurückbringen«, erklärte sie dann mit einem dümmlichen Grinsen und hielt mir das Werkzeug unter die Nase. »Miss Christie braucht ihn nicht mehr.«

»Wer?«, kam mir Laura mit ihrer Frage zuvor.

Emily kam ein Stück näher. »Unsere Vertretungslehrerin«, klärte sie uns mit einem verschwörerischen Unterton auf. »Mrs. Jenkins hat anscheinend die Grippe erwischt.« Sie nickte uns mit ernster Miene zu und lief dann weiter in Richtung Werkstatt.

»Puh, Schwein gehabt.« Ich grinste von einem Ohr zum anderen.

»Lass mich raten, du hast schon wieder die Hausaufgaben vergessen.«

»Du denkst, ich habe sie unter den Tisch fallen lassen?«, sagte ich und stemmte entrüstet die Hände in die Hüften.

»Ja, und ich weiß, dass ich richtig liege«, erwiderte sie. »Vergiss nicht, wer deine beste Freundin ist. Ich kenne dich besser als du dich selbst.«

Leugnen war also zwecklos, deswegen beließ ich es bei einem schlichten »Kein Kommentar.«

Dabei wollte ich gestern nur kurz abschalten, bevor ich mich an die Hausaufgaben machte. Hinzu kam, dass nach einer riesigen Portion *Ken & Larrys* das Gehirn schockgefroren war. Um mich wieder konzentrieren zu können, wollte ich nur kurz eins meiner Lieblingsspiele spielen: *Cityscape*. Wobei, zurzeit ärgerte es mich eher, als das ich es liebte. Seit Tagen hing ich fest und das wurmte mich. Nur noch ein Stern fehlte für die Bushaltestelle, dann konnte ich endlich den Tag abschließen und mich einem neuen Areal widmen. Doch aus den geplanten fünf Minuten wurden vier Stunden, da ich das Level diesmal beim ersten Versuch schaffte. Zusammen mit dem neuen Gebiet bekam ich zusätzlich eine halbe Stunde unendliches Leben zur Verfügung.

Tja, die konnte ich ja unmöglich verfallen lassen, oder? Ohne es richtig zu bemerken, verstrich die Zeit in Windeseile, denn ich hatte einen Run und erhielt ständig neue Extras. Ich war dermaßen in das Spiel vertieft, dass ich regelrecht aufschreckte, als meine Mutter die Tür aufriss, um mich zum Essen zu holen, weil ich wieder einmal ihr Rufen nicht gehört hatte. Und danach hatte ich dann nur noch Zeit für den Aufsatz, der sowieso schon überfällig war.

* * *

Als wir bei unserer Klasse ankamen, hatte uns Emily bereits wieder eingeholt. »Echt gruselig, was?«

»Was meinst du? Dass du so außer Atem bist?«, witzelte ich, wurde aber von ihr ignoriert.

»Der Vertretungslehrerin möchte ich nicht im Dunkeln begegnen«, ergänzte Emily flüsternd. »Sie könnte glatt die Hauptrolle in einem Horrorfilm spielen.«

»Horrorfilm?« Ich musste unwillkürlich schlucken und versuchte, in Emilys Augen zu lesen, ob sie mich gerade auf den Arm nahm.

Jeder in der Klasse wusste, dass ich ein Angsthase war. Erst letzten Monat war ich schreiend aus dem Klassenraum gelaufen, als sich eine riesige Biene ins Zimmer verirrt hatte. Am nächsten Tag versteckte einer meiner Mitschüler eine Plastikbiene in meinem Federmäppchen. Natürlich griff ich ahnungslos hinein.

Die darauffolgenden zwanzig Minuten musste mich Mrs. Jenkins mit Engelszungen davon überzeugen, dass die Biene tatsächlich nur aus Plastik war und mich gar nicht gestochen haben konnte.

Garantiert war das jetzt Emilys Rache für meinen Scherz von vorhin, deswegen antwortete ich: »Klar, und meine Mutter ist die Kaiserin von China.«

Emily blieb jedoch beharrlich. »Ich verarsch dich nicht, ehrlich. Von mir aus sieht sie auch einfach nur wie ein Vampir aus. Ihre Haut ist schneeweiß und …«

»Dann sollte ich jetzt hineingehen, um zu gucken, ob du sie nicht vielleicht mit einem Zombie verwechselst.« Mutig betrat ich den Klassenraum und stolperte direkt wieder zwei Schritte rückwärts.

Unsere Vertretungslehrerin sah tatsächlich aus wie ein Geist.

2

Das Erste, das mir auffiel, war das altmodische Kleid. Schwarz, bis zum Boden und mit einem weißen Kragen. Es erinnerte mich an die komischen Kittel, die meine Oma früher immer trug. Erst als Zweites bemerkte ich dann die Haut der Frau, die in dem Kleid steckte.

Emily hatte nicht übertrieben. Miss Christie war tatsächlich schneeweiß. Mein Blick glitt von unten nach oben und blieb schließlich an ihrem Gesicht hängen.

Oder, besser gesagt, an der Stelle, wo jeder Mensch seine Augen hatte. Bei ihr waren da nur zwei schwarze Löcher.

Ich keuchte entsetzt auf.

»Wir … wir müssen …«, stammelte ich, bevor meine Stimme versagte. Ich wollte nur noch hier raus, aber meine Beine gehorchten mir einfach nicht. Warum zur Hölle blieben die anderen nur so ruhig? Waren Emily und ich etwa die Einzigen, die erkannten, dass die neue Lehrerin gespenstisch aussah? Wie ein Geist oder ein Zombie. Oder was weiß ich was genau.

Gerade wollte ich Laura am Arm packen, als die schwarzen Flecken in Miss Christies Gesicht verschwanden und sich in zwei hellblaue Augen verwandelten.

Oh Mann, ich kam mir so unglaublich dumm vor, dass ich mich am liebsten selbst geohrfeigt hätte. Ihre Lider waren schlichtweg dunkel geschminkt und genau in dem Moment, als ich sie das erste Mal sah, geschlossen gewesen. Wahrscheinlich wirkte deswegen ihre Haut auch so farblos. Ihre pechschwarzen Haare untermalten diese Blässe noch zusätzlich. Merkwürdigerweise fiel mir erst jetzt die rote Narbe auf, die, an ihrer Stirn beginnend, über die gesamte rechte Wange verlief. Ein eiskalter Schauer jagte über meinen Rücken. Die Lehrerin spürte, dass ich sie anstarrte, und fixierte mich mit einem stechenden Blick. Es fühlte sich an, als würde sie direkt mein Gehirn anzapfen und meine Gedanken lesen. Ein wissendes Lächeln umspielte ihre Lippen. Augenblicklich verspannte ich mich und trat von einem Fuß auf den anderen.
Laura stupste mich an. »Willst du hier Wurzeln schlagen? Hast du die Schulklingel nicht gehört?«
Das merkwürdige Gefühl verschwand urplötzlich. Zurück blieb ein Unbehagen, das sich nicht abschütteln ließ.
Erst als Laura mich ein zweites Mal anstupste, setzte ich mich in Bewegung und lief mit gesenktem Kopf zu meinem Platz.
»Guten Morgen«, begrüßte uns die Vertretungslehrerin, »ich bin ...«

Mehr von ihren Worten war nicht zu hören, weil es im aufgeregten Gemurmel der Klasse unterging.

Ein lauter Knall ertönte und plötzlich war es totenstill im Raum. Wie alle Anwesenden blickte ich in die Richtung, aus der das Geräusch gekommen war. Die Vertretungslehrerin stand mit verschränkten Armen hinter ihrem Tisch, in der rechten Hand hielt sie ein langes Lineal aus Holz.

»Na also, geht doch«, ergriff sie in scharfem Tonfall erneut das Wort. »Fangen wir also noch einmal von vorne an. Mein Name ist Miss Martha Christie. Wie einige von euch vielleicht schon gehört haben, ist Mrs. Jenkins an der Grippe erkrankt. Diese Woche müsst ihr also mit mir vorliebnehmen. Eure Lehrerin war so freundlich, mir am Telefon zu erläutern, was die nächsten Tage alles auf dem Lehrplan steht. Und deswegen würde ich zuerst gerne eure Hausaufgaben sehen.«

Ich stöhnte innerlich auf. Jetzt brauchte ich doch noch eine gute Ausrede, warum ich keine gemacht hatte. Herzlichen Dank, Mrs. Jenkins.

Ein paar Minuten blieben mir jedoch noch, denn Miss Christie bückte sich und holte das Klassenbuch unter dem Tisch hervor. Nach und nach rief sie dann meine Mitschüler auf. Ich wusste, mein Name kam als Letzter.

In Gedanken ging ich schnell all meine verfügbaren Möglichkeiten durch, um mich noch aus der Patsche zu manövrieren. Ich konnte natürlich erzählen, dass ich mein Heft zu Hause vergessen hatte. Aber vielleicht hatte Mrs. Jenkins sie diesbezüglich vorgewarnt, weil ich diese Ausrede schon des Öfteren benutzt hatte. Das Risiko wollte ich also nicht eingehen. Ich könnte ihr auch erzählen, dass ich das Wochenende krank im Bett verbringen musste. Aber was war, wenn sie meine Mutter anrief und sich erkundigte?
»Nicholas Zacharias?« Ganz in meine Gedanken vertieft, vernahm ich wie durch Watte meinen Namen. Ich verwarf all meine komplizierten Überlegungen und rief: »Hier!«
Ein langgezogenes Seufzen folgte. »Nun, auch für dich nochmal zum Mitschreiben. Wie ich Jason bereits mitteilte, lege ich sehr viel Wert auf Höflichkeit. Also, das Ganze noch einmal. Diesmal aber die richtige Antwort.«
»Äh ...« Hilflos sah ich zu Laura, die vor mir saß und mir einen grinsenden Blick über die Schulter zuwarf.
»Du sollst sie mit ihrem Namen anreden«, half sie mir auf die Sprünge.
»Miss Chrispie«, raunte Emily mir noch zu, die rechts neben Laura saß.

Dankbar lächelte ich die beiden an. »Äh, ja … Ich meinte natürlich: Ich bin hier, Miss Chrispie«.
Kaum hatte ich den falschen Nachnamen ausgesprochen, brachen alle in Gelächter aus.
»Ich heiße Miss Christie«, zischte die Lehrerin. »Miss Christie.« Und da war wieder dieser Blick, der mich regelrecht zu durchbohren schien.
»Ent … Entschuldigung, Miss Christie«, stammelte ich.
»Na gut, ich nehme deine Entschuldigung an. Aber ich werde dich im Auge behalten, Nicholas.«
»Nick«, korrigierte ich sie. »Alle hier nennen …« Doch weiter kam ich nicht mehr, denn die Vertretungslehrerin sog hörbar die Luft ein. Zuerst wusste ich gar nicht, warum sie sich so verhielt, aber dann bemerkte ich meinen Fehler.
Den zweiten innerhalb weniger Sekunden. Mist, was für ein Start. »Entschuldigung, Miss Christie. Ich meinte, würde es Ihnen etwas ausmachen, wenn Sie mich Nick nennen? Alle tun das.«
Sie nickte in meine Richtung und lächelte. »Ein Glück bin ich nicht *alle*. Und du solltest wissen, dass ich diese albernen Abkürzungen nicht mag.« Damit schloss sie das Klassenbuch mit einem lauten Knall und verstaute es wieder unter dem Tisch. »So, und jetzt möchte ich bitte eure Hausaufgaben sehen.«

Glücklicherweise raschelte es aus allen Richtungen, denn sonst hätte sie womöglich mein Stöhnen gehört. Krankheit, Geburtstag, was zur Hölle soll ich nur sagen, schoss es mir durch den Kopf.

Und statt in der ersten Reihe anzufangen, sah ich zu meinem Entsetzen, wie Miss Christie auch noch zielstrebig auf mich zukam.

»Dann wollen wir doch mal bei dir anfangen«, bestätigte sie mit einem einzigen Satz meine schlimmste Vermutung.

»Ähm … also … es ist so«, stotterte ich und spürte, wie sich die ersten Schweißtropfen auf meiner Stirn bildeten. »Am Samstag … also, meine Mutter ist krank geworden und … und ich habe sie zum Arzt begleitet.« Jetzt gab es kein Zurück mehr und ich versuchte, meiner Stimme Selbstsicherheit zu verleihen. »Ich habe mich danach um sie gekümmert. Auch gestern den ganzen Tag. Sie wollte mir eigentlich eine Entschuldigung schreiben, aber sie hat heute Morgen noch so friedlich geschlafen, dass ich sie unmöglich wecken konnte.« Ja, perfekt. Das klang doch recht vernünftig.

Zumindest, wenn sie nicht zu Hause anrief. Doch ich hatte mich wieder einmal zu früh gefreut.

»Mrs. Jenkins hat mich schon vorgewarnt. Nicholas Zacharias, kommt oft zu spät, vergisst gerne die Hausauf-

gaben und hängt ständig an seinem Handy herum.« Sie stützte ihre Hände auf meinem Tisch ab und beugte sich zu mir nach unten. Aus der Nähe betrachtet waren ihre Augen noch blauer und kälter. Und ihre Narbe ein weitaus größerer Kontrast zu ihrer blassen Haut, als ich vorhin angenommen hatte.
»Vergiss nicht, Nicholas Zacharias - ich bin nicht wie andere. Jede Entscheidung hat Konsequenzen. Das darfst und solltest du niemals vergessen.«
»Äh, ja, natürlich. Es tut mir leid«, nuschelte ich und wandte den Blick auf die zerkratze Oberfläche meines Pults. »Miss Christie«, fügte ich dann noch rasch hinzu, bevor es erneut Ärger gab. Inständig betete ich, dass meine Ohren nicht so rot glühten, wie sie sich anfühlten.
»Ich bin sicher, dass es dir nicht leidtut«, meinte sie knapp, als wäre das mehr als offensichtlich. »Aber nun gut.«
Ihre Hände verschwanden aus meinem Blickfeld. »Noch jemand ohne Hausaufgaben?«, fragte sie in die Klasse. Als sich niemand meldete, ging sie forschen Schrittes nach vorne und widmete sich den anderen Schülern.

3

»Und, wie findet ihr Miss Christie?«, fragte ich die anderen, als sich Emily, Laura und Josh in der Kantine auf die freien Stühle neben mir fallen ließen.

Normalerweise war ich immer der Letzte, aber heute hatte ich als Erster die Klasse verlassen. Auch wenn mich Miss Christie den Rest der Stunde in Ruhe gelassen hatte, war sie mir dennoch höchst unheimlich.

Ich schnappte mir eine kleine Zimtschnecke von Emily und stopfte sie mir in den Mund.

»Auf jeden Fall ist sie komplett anders als Mrs. Jenkins. Vor allem strenger«, meinte Laura.

»Also ich finde sie einfach nur furchteinflößend«, platzte es aus mir heraus. »Habt ihr ihre Augen gesehen? Ich habe noch immer Gänsehaut, wenn ich an ihren Blick denke. Und dann diese Narbe. Total unheimlich. Nicht zu vergessen das Kleid. So was hat meine Oma früher getragen. Ich sag's euch: Auf einer Halloweenparty würde sie mit Sicherheit den ersten Preis für das gruseligste Kostüm gewinnen.«

»Du bist ein Idiot«, meldete sich Emily zu Wort.

»Vielleicht mag sie einfach nur dunkle Sachen oder befindet sich in einer Trauerphase. Schon mal daran gedacht? Mich wundert es ehrlich, dass du nicht jeden Morgen schreiend aus dem Bad läufst, sobald du dein Spiegelbild erblickst. Du bist so ein Angsthase, das gibt's gar nicht.«

»Aber du hast doch vorhin selbst gesagt …«, begann ich, aber Emily schüttelte sofort den Kopf.

»Das war doch nur Spaß, Nick.« Sie blickte genervt an die Decke.

»Also, ich finde, Emily hat recht. Außerdem mag ich ihre Kleidung. Sie ist elegant und zeitlos. Und ihre Augen sehen aus wie aus einem Beautyblog«, beteiligte sich Laura am Gespräch.

»Genau. Ist euch ihre Haut aufgefallen? Nicht ein Makel, abgesehen von der Narbe natürlich. Ich wünschte, ich hätte auch so eine glatte Haut«, mischte sich Jennifer vom Nachbartisch ein.

»Frag sie doch einfach mal, wie sie das macht. Vielleicht hat sie auch einen Tipp, was bei Pickeln hilft«, warf Emily ein.

»Oder sie kann dir zumindest verraten, wie du sie geschickt abdecken kannst.«

»Meinst du?«

Ich konnte bei dieser Diskussion nur den Kopf schütteln. Typische Mädchenthemen! Da konnte ich genauso gut essen. Ich packte mein Sandwich aus. Käse, Salami, Gurke, Ei und Remoulade. Meine Mutter wusste genau, was ich an

so einem stressigen Schultag brauchte. Genüsslich biss ich zu, als Emily das Thema wechselte.
»Erklären kann sie nämlich gut. Sogar viel besser als Mrs. Jenkins. Wie sie mir zum Beispiel das mit den Klammern erklärt hat: KLAPS = *Klammer geht vor Punkt- und Strichrechnung* – einfach genial.«
»Schlecht ist sie nicht«, gab ich zu, »aber ich bin trotzdem froh, wenn Mrs. Jenkins wieder da ist.«
»Aber doch nur, weil sie dich hat auflaufen lassen«, meinte Josh. »Oder bist du etwa in sie verknallt? Du hast sie die ganze Stunde angestarrt.«
»Quatsch doch keinen Müll«, widersprach ich heftig. »Keine Ahnung, warum ich sie nicht aus den Augen lassen konnte. Sie macht mir Angst.« Ich warf ihm einen bösen Blick zu. »Also spar dir deinen blöden Kommentar. Ich weiß außerdem selbst, dass ich ein Angsthase bin.«
Ich schaute übertrieben auffällig zur großen Uhr, die über der Essenausgabe hing. Josh kapierte sofort und schnappte sich auch eine Zimtschnecke von Emilys Teller.
Das war mal komplett nach hinten losgegangen. Warum war ich der Einzige, der Miss Christie so unheimlich fand? Es konnte doch nicht sein, dass ich völlig allein mit meiner Meinung dastand. Es ärgerte mich, dass selbst Laura mich im Stich gelassen hatte.

Genervt schob ich mein Tablett mit dem Sandwich zur Seite. Mir war der Appetit vergangen, und das sollte schon was heißen.

Ich kramte mein Handy aus der Tasche und aus heiterem Himmel wusste ich plötzlich, was ich zu tun hatte. Ich schnappte mir nun doch mein Sandwich und biss hinein. Die nächste Unterrichtsstunde konnte kommen.

+ * * *

Jetzt mach schon!

Nervös rutschte ich auf meinem Stuhl hin und her, während Miss Christie seit einer gefühlten Ewigkeit irgendetwas über einen gewissen Marco Polo erzählte. Als ich gar nicht mehr damit gerechnet hatte, drehte sie mir schließlich doch den Rücken zu, um etwas an die Tafel zu schreiben.

Endlich!

Darauf hatte ich gewartet, seit ich den Klassenraum betreten und zu meiner Enttäuschung festgestellt hatte, dass die Aushilfslehrerin schon da war. Blitzschnell zog ich mein Handy aus der Hosentasche und versteckte es zwischen meinen Beinen. Dann schaltete ich die Kamera ein und hielt sie unter dem Tisch, halb verborgen von meinem Rucksack, in Miss Christies Richtung. Als sie sich umdrehte, startete ich die Aufnahme.

Es dauerte nicht lange und die Frau drehte sich wieder zur Tafel. Ich nutzte die Chance und lud mit wenigen Tastenkombinationen das kurze Video auf Instagram hoch.
Meine Vertretungslehrerin!!!! Ich möchte ihr nicht im Dunkeln begegnen. Ihr???? #freakshow #vampir #geist #gruseligelehrerin #hexe #halloweenkostüm #horrofilm
Ich überflog meinen Text kurz und veröffentlichte dann meinen Post.
Obwohl ich nur 900 Follower hatte, vibrierte mein Handy direkt nach dem Absenden. Zuerst kamen ein paar Likes, dann folgten auch schon die ersten Kommentare.
Ahhhh, du hast Chuckys Mutter gefunden. Sieh zu, dass du dich noch retten kannst!, schrieb Jasonxxx123 und Wasgehtdichdasan antwortete: *Vielleicht von den Toten auferstanden. Hast du sie vom Friedhof mitgebracht?*
Enrionaro73829 meinte: *Geil, frag sie mal, ob sie mich zu einer Halloweenparty begleitet!*
Lunabooklover hingegen meckerte: *Nichts Besseres zu tun, als deine Lehrerin zu filmen? Ich hoffe, sie erwischt dich und du darfst nachsitzen.*
Ich schnaubte verächtlich bei dem Kommentar. Dämliche Kuh. Genau das schrieb ich ihr auch.
Ein lauter Knall ließ mich zusammenzucken. Hastig versuchte ich noch, das Handy zu verstecken, doch es glitt

mir dabei aus den schweißfeuchten Händen und fiel zu Boden. Dann spürte ich, wie sich eine eiskalte Hand auf meine Schulter legte. Sofort versteifte ich mich, während mein Herz raste.

»Es tut mir leid, ich wollte nur kurz …«

»Nicholas, Nicholas, Nicholas.« Miss Christie ließ meine Schulter los und stellte sich direkt vor meinen Tisch. Obwohl ihre Hand weg war, spürte ich noch immer die eisige Kälte, die sich von dort auf den ganzen Körper auszubreiten schien.

Mein Magen verkrampfte sich. Hatte sie gesehen, was ich tat?

Als hätte sie meine Gedanken gelesen, fuhr sie mit honigsüßer Stimme fort: »Also ich finde nicht, dass diese Luna eine dämliche Kuh ist. Ganz im Gegenteil.«

Mist. Sofort bildete sich ein dicker Kloß in meinem Hals.

»Es, es tut mir wirklich leid«, stammelte ich und wagte nicht, ihr in die Augen zu sehen. »Es, es kommt nie wieder vor.«

»Oh, du musst dich doch nicht entschuldigen, Nicholas.« Sie legte ihre Hand unter mein Kinn und zwang mich sanft, ihren Blick zu erwidern.

Was ich sah, gefiel mir nicht und ich merkte, wie sich mir sämtliche Nackenhaare aufstellten.

»Ich werde dich einfach im Auge behalten, verlass dich darauf. Und jetzt löschst du sofort diesen Beitrag!«

Als ich nicht gleich beim ersten Mal reagierte, verstärkte sich ihr Griff an meinem Kinn. Ihre Hand war kalt. So eiskalt, dass ich augenblicklich Gänsehaut am ganzen Körper bekam.

»Ja, in Ordnung, Miss Christie.«

»Guter Junge. Ich wusste doch gleich, dass wir uns verstehen.« Kaum hatte sie ausgesprochen, ließ sie mich los und schenkte mir ein Lächeln, das absolut künstlich und unehrlich aussah.

Mit fließenden Bewegungen bückte sie sich, hob mein Smartphone auf und drückte es mir in die Hand. »Schade, dass es nicht kaputtgegangen ist.«

Ich brauchte wegen meiner zitternden Finger drei Anläufe, bis ich mein Display entsperrt und den Beitrag gelöscht hatte. Als ich damit fertig war, hielt ich ihr bereitwillig das Handy hin, aber sie schüttelte nur leicht den Kopf.

»Ich bin überzeugt, dass du deine Lektion gelernt hast. Es gibt wichtigere Dinge als ein Smartphone.« Sie beugte sich in meine Richtung und kam mit ihren Lippen ganz dicht an mein linkes Ohr. »Nicholas, ich bin mir sicher, dass du ab sofort mein Lieblingsschüler bist. Ich würde also an deiner Stelle aufpassen.«

Sie richtete sich auf und sagte dann etwas lauter: »Und jetzt steck es ein. Wehe, ich erwische dich noch einmal damit.«
Ich traute meinen Ohren nicht und sah ihr verblüfft nach, wie sie zurück an die Tafel ging. Was hatte das jetzt wieder zu bedeuten? Mrs. Jenkins hätte mich umgehend zum Direktor geschickt und mich für mein Verhalten das restliche Schuljahr nachsitzen lassen. Ich wusste nicht, was ich gerade davon halten sollte.
Aber was sie mir ins Ohr geflüstert hatte, machte mich irgendwie nervös. Mein Bauchgefühl verriet mir, dass es gar nicht gut war, ihr Lieblingsschüler zu sein. Und wie sich wenig später bereits herausstellte, hatte ich mit diesem Gefühl absolut recht. Am Ende der letzten Stunde schrieb sie unsere Hausaufgaben an die Tafel, als es klingelte.
In den Lärm hinein rief sie noch: »Wir sehen uns dann alle morgen wieder in alter Frische. Ich bin schon jetzt äußerst gespannt auf eure Aufsätze zum Thema *Halloween*.«
Geinsam mit den anderen packte ich hektisch meine Sachen zusammen und wollte gerade hinter Laura das Klassenzimmer verlassen, als Miss Christie mich zurückrief. »Wo willst du denn hin, Nicholas? Keine Hausaufgaben und Handy im Unterricht, ich würde sagen, dass du bei Mrs. Jenkins hättest nachsitzen müssen, oder?«

Zwei Stunden später als üblich kam ich endlich nach Hause und warf die Haustür wütend mit extra viel Schwung ins Schloss. Mein Handgelenk tat weh, mein Magen knurrte und ich hatte miese Laune.

Ganze 100 Mal hatte ich den Satz ›*Eine Lehrerin ist eine Respektsperson und ich darf sie nicht im Unterricht filmen*‹ an die Tafel geschrieben. Und als ich dann dachte, dass ich es geschafft hatte, musste ich noch weitere 100 Mal ›*Es gibt wichtigere Dinge im Leben als ein Handy*‹ schreiben.

Pfff! Von wegen. Vor allem, wenn man auf dem neusten Stand sein wollte.

»Nicholas!« Die Stimme meiner Mutter riss mich aus den Gedanken.

»Jap, komme gleich!«, antwortete ich.

»Nicht gleich – jetzt sofort!«

Autsch, das bedeutete nichts Gutes.

Und ich hatte, wie sollte es auch anders sein, recht, denn meine Mutter sah alles andere als gutgelaunt aus, als ich sie am Küchentisch sitzend vorfand. Sie hatte die Hände ineinander verschränkt auf dem Tisch liegen. Ihre Stirn warf Falten, was ein sicheres Zeichen dafür war, dass Ärger in der Luft lag.

Eigentlich war meine Mutter eine Frohnatur, die viel lachte und ständig mitträllerte, sobald das Radio lief. Als Kind

hatte ich sie mit ihren blonden Locken, der zierlichen Figur und den strahlend grünen Augen immer als eine Art Engel gesehen. Deswegen konnte sie wahrscheinlich heute jederzeit genau spüren, wenn ich etwas ausgefressen hatte.
»Setz dich. Wir müssen reden.« Sie deutete auf den Stuhl ihr gegenüber. »Deine Lehrerin hat mich über dein unmögliches Benehmen informiert.« Sie seufzte. »Du weißt, dass ich alles tue, damit es dir gutgeht. Und auch dein Vater tut sein Bestes, obwohl er beruflich viel unterwegs ist. Aber seit du ein Handy geschenkt bekommen hast… Ich erkenne dich nicht mehr wieder. Du vergisst ständig deine Hausaufgaben, hängst nur noch vor diesem Teil und redest nur noch von Apps, Spielen und Videos. Sogar Laura hat sich bei mir schon beschwert, dass du nichts anderes mehr im Kopf hast. Sie hat mir auch erzählt, dass du letzte Woche gegen einen Laternenpfahl gelaufen bist, weil du nur auf das Handy gestarrt hast.«
Meine Mutter beugte sich über den Tisch und streckte eine Hand nach mir aus. »Ich verstehe ja, dass man heutzutage als Jugendlicher ein Smartphone haben muss und dass es cool ist, aber ich habe das Gefühl, dass du bereits jetzt schon abhängig davon bist. Und das kann ich nicht zulassen.«

Wieder seufzte sie. »Dein Vater und ich haben telefoniert und beschlossen, dass du die nächsten vier Wochen dein Lieblingsspielzeug abgibst.«

Was? Niemals. Ich hatte mich sicherlich verhört. Sie drohte mir nicht mit Nachtischentzug oder Hausarrest, womit ich rechnete. Nein, sie sprach davon, dass ich mein Handy abgeben sollte. Und das nicht nur einen Tag, sondern einen Monat. Das war die Höchststrafe.

»Aber ...«

»Wie ich sehe, habe ich jetzt deine Aufmerksamkeit«, stellte meine Mutter fest.

»Mama, das könnt ihr aber doch nicht machen. Was ist, wenn ich unterwegs stürze oder, wie heute, nachsitzen muss oder ich noch mit zu Laura gehen will? Oder was ist, wenn was mit dir oder Papa ist?«

Ein amüsiertes Lächeln breitete sich auf ihren Lippen aus. »Ob du es glaubst oder nicht, aber als wir in deinem Alter waren, gab es gar keine Handys. Wir mussten uns mit Telefonzellen begnügen, haben Zettel geschrieben oder das Schultelefon benutzt.«

»Ja, schon klar. Aber, Mama, wir sind jetzt doch nicht mehr in der Steinzeit und ich ...«

»Na hör mal ...«, unterbrach sie mich.

Ich rollte verzweifelt mit den Augen und setzte dann meinen Dackelblick auf. Das half eigentlich immer, solange mein Vater unter der Woche auf Montage war.
»Bitte, Mama, tu mir das nicht an. Ich verspreche, dass ich mich bessere. Ab jetzt mache ich meine Hausaufgaben gleich. Und ich werde dir auch im Haushalt helfen und Dad am Wochenende im Garten. Ich mach alles, nur bitte nimm mir nicht das Handy weg.«
Eine gefühlte Ewigkeit lang sah sie mir in die Augen. Ich schwitzte Blut und Wasser. Warum erlöste sie mich nicht? Hatte ich das Fass jetzt endgültig zum Überlaufen gebracht?
Meine Lehrerin zu filmen und bei Instagram einzustellen war definitiv schlimmer als Hausaufgaben vergessen, sogar unerfreulicher als die letzte 5 in Biologie. Ich musste also härtere Geschütze auffahren.
»Bitte, Mama, du weißt doch, dass ich manchmal nicht nachdenke. Und sagst du nicht immer zu Papa, dass der Ernst des Lebens früh genug kommt.«
Ich verstärkte meinen Hundeblick und stellte mir vor, was ich alles verpassen würde, wenn ich jetzt mein Handy abgeben musste. Alleine die Vorstellung reichte schon aus, dass sich meine Augen mit Tränen füllten.

Meine Mutter seufzte und ich wusste in dem Moment, dass ich gewonnen hatte.

»Gut, das ist aber deine allerletzte Chance, hörst du? Und jetzt ab nach oben – Hausaufgaben!«

4

Jetzt hatte ich den Salat.

Natürlich hatte ich meinen Aufsatz nicht geschrieben, aber diesmal hatte ich einen wirklich triftigen Grund dafür. Ehrlich!

Ich hatte mein Heft schon aufgeschlagen, den Stift in der Hand, als mein Handy piepte und eine eingehende Nachricht ankündigte. Ich wusste, wenn ich jetzt nicht sofort nachschaute, könnte ich mich kein Stück konzentrieren. So etwas konnte doch niemand. Nur ein kurzer Blick, dann würde ich es ausschalten.

Die WhatsApp kam von Laura: *Schau mal, hat mir Josh geschickt!*

Einen Moment schwebte mein Zeigefinger über dem Link, dann klickte ich ihn entschlossen an. Das Video war kurz, aber ich hatte in meinem ganzen Leben noch nie so ein lustiges Katzenvideo gesehen.

Wie das Kätzchen die Wasserbombe anstupste und sich der Inhalt über ihm ergoss – einfach nur genial. Ich kopierte den Link und teilte ihn auf Facebook. Und prompt bekam ich auch schon die erste Antwort.

Wie geil ist das denn, schrieb Maria und hängte direkt einen weiteren Link an, der zu ihrem absoluten Lieblingsvideo führte.

Das war tatsächlich noch besser, denn es zeigte einen Jungen, der im Unterricht eingeschlafen war. Er schnarchte leise und beim Ausatmen trat eine dicke Schnodderblase aus seiner Nase. Ich schickte es umgehend an Laura weiter und begab mich auf die Suche nach einem besseren Video.
Ein Klopfen riss mich abrupt aus den Top 5 der lustigsten Pannen. Ich schwöre, dass ich höchstens fünf oder zehn Minuten mit der Suche verbracht hatte, trotzdem durfte mich meine Mutter auf keinen Fall mit dem Handy in der Hand erwischen, denn sonst würde sie ihre Drohung sofort in die Tat umsetzen.
Wieder klopfte es und diesmal ging anschließend direkt die Tür auf. »Ich habe hier ein Sandwich für meinen kleinen Streber«, flötete meine Mutter.
Es gelang mir gerade noch rechtzeitig, mein Handy unter den Hintern zu stopfen und eine Seite des Schulhefts aufzuschlagen, als sie auch schon den Teller auf meinen Schreibtisch stellte.
Hatte sie was gemerkt?
Mein Herz hämmerte gegen meine Rippen, als ich verunsichert zu ihr hochsah und bemerkte, dass sie neugierig in mein Heft blickte. Innerlich betete ich, dass sie nicht allzu genau hinsah, sonst würde sie nämlich erkennen, dass der Text, den ich spontan aufgeschlagen hatte, bereits vor drei

Wochen geschrieben worden war. Ich schluckte nervös und sagte: »Äh, danke«, und deutete auf das Sandwich.

Sie löste ihren Blick vom Heft und wuschelte mir durch die Haare. »Ich wusste doch, dass ich einen fleißigen Sohn habe!«

Puh, ihr war also nichts aufgefallen. Ein riesiger Stein fiel mir vom Herzen.

»Dann lass ich dich jetzt mal lieber in Ruhe, damit du weitermachen kannst«, sagte sie. An der Tür blieb sie stehen und wandte sich noch einmal in meine Richtung. »Aber mach nicht zu lange, es ist schon spät.«

Ich schnappte mir das Sandwich, und natürlich auch das Handy, und machte es mir auf meinem Bett gemütlich. Und da schlief ich später dann auch ein.

***

Nach der Anwesenheitskontrolle saß ich wie auf glühenden Kohlen. Jede Sekunde rechnete ich damit, dass Miss Christie uns bat, die Aufsätze vorzuzeigen.

Zu meiner Überraschung widmete sie sich allerdings einem vollkommen anderen Thema. Und als sie die Hausaufgaben gegen Ende der vierten Stunde immer noch nicht sehen wollte, begann ich langsam Hoffnung zu schöpfen.

Sollte sie es tatsächlich vergessen haben, würde ich mich heute Nachmittag zu Hause direkt dransetzen. Und diesmal könnte mich niemand davon ablenken.

In der vorletzten Stunde dachte ich dann gar nicht mehr daran, als Miss Christie plötzlich verkündete: »So, und nun kommen wir zu euren tollen Aufsätzen. Ich bin schon richtig gespannt, ganz besonders auf deinen Beitrag, Nicholas.«

Wie aus dem Nichts war sie vor meinem Tisch aufgetaucht und bedachte mich mit einem strengen Blick. Ich konnte deutlich in ihren Augen lesen, dass sie ganz genau wusste, dass ich keine Hausaufgaben gemacht hatte.

Ich schluckte.

Mist!

Ich war erledigt. Sie würde meine Mutter anrufen und ...

Nein, das konnte ich nicht zulassen.

Wenn mir nur eine gute Ausrede einfiele. Aber diesen Gedanken verwarf ich sofort wieder, denn das würde sowieso nichts bringen. Ich war komplett am Arsch.

Ich funkelte Laura wütend zu und kniff dabei meine Lippen zu einem dünnen Strich zusammen. Sollte sie ruhig deutlich erkennen, dass sie an meiner misslichen Lage schuld war. Sie und ihr dämliches Video. Wenn sie mir keine Nachricht geschickt hätte, hätte ich niemals auf mein Handy geschaut und hätte nun den Aufsatz.

Miss Christie würde für diese Ausrede allerdings kein Verständnis haben, da war ich sicher.

Just in diesem Moment kam mir dann doch eine Idee. Warum war ich nicht gleich darauf gekommen?

Ich schenkte Miss Christie ein freundliches Lächeln und deutete auf meinen Rucksack. Sie nickte und sah mir geduldig dabei zu, wie ich mein Heft herausholte und aufschlug.

Shit!

Damit hatte ich jetzt nicht gerechnet, dass sie beharrlich hier stehenblieb. Ich musste sie dazu bringen, wieder nach vorne zu gehen. »Ähm … Setzen Sie sich doch lieber, Miss Christie«, schlug ich vor. »Die Geschichte ist nämlich etwas länger geworden.«

Sie zögerte.

Wenn sie jetzt nicht ging, hatte ich bald ein riesiges Problem.

Mein Herz schlug so schnell und laut, dass ich sicher war, dass Miss Christie es hören musste.

Aber dann drehte sie sich glücklicherweise von mir weg und ging nach vorne zum Lehrerpult.

Die wenigen Sekunden, in denen sie mir den Rücken zuwandte, nutzte ich, indem ich mit zittrigen Fingern mein Handy unter dem Heft hervorzog. Dann richtete ich das Heft zu einer Art Schutzmauer auf und entsperrte dahinter das Mobiltelefon. Ich linste über das Heft, um zu sehen, wo sich Miss Christie mittlerweile befand. Sie hatte noch etwa drei Schritte, musste sich dann umdrehen und hinsetzen, mehr Zeit blieb mir nicht.

Mein Herz raste, während ich mit fahrigen Fingern *Halloween Aufsatz* in das Eingabefeld der Suchmaschine eintippte. Ich hatte keine Zeit, tippte das erste Ergebnis an und betete inständig, dass mein bisheriges Glück noch nicht ganz aufgebraucht war.

»Also gut, Nicholas, wir warten!« Miss Christie sah mich ungeduldig an.

»Ja, ähm, natürlich«, murmelte ich mit einem nicht zu überhörenden Zittern in der Stimme. Die Internetseite war noch nicht vollständig geladen. Ich schloss die Augen und atmete hörbar aus. Sollte ich das alles überleben, würde ich niemals wieder Hausaufgaben vergessen. Also, bitte hilf mir, lieber Gott, dachte ich.

Als ich meine Augen öffnete, erschien im selben Moment die Website mit einer hoffentlich richtigen Geschichte.

Alles klar, heute war also mein absoluter Glückstag.

Ich richtete mich selbstbewusst auf, sah Miss Christie kurz an und begann dann vorzulesen.

»*Es war eine ruhige Nacht. Die meisten Kinder waren schon zu Hause und sortierten ihre Süßigkeiten. Nur Michael war noch unterwegs. Zehn Häuser, nahm er sich vor, dann würde er sich auf den Rückweg begeben ...*«

Die ersten Sätze klangen noch etwas unsicher aus meinem Mund, doch dann räusperte ich mich und senkte die Stimme, um der Geschichte mehr Leben einzuhauchen. Ich war so in meinen Vortrag vertieft, dass ich gar nicht mehr mitbekam, was um mich herum passierte.

Deswegen kam der Knall für mich wie aus dem Nichts. Ich zog augenblicklich vor Schreck die Schultern hoch und wusste sofort, dass Miss Christie mich ertappt hatte. Mein Herz pochte und das Blut rauschte in meinen Ohren, als ich vorsichtig hochblickte.

Die Lehrerin stand vor meinem Tisch. In ihrer rechten Hand hielt sie ein Lineal, mit dem sie sich rhythmisch in die linke Handfläche schlug.

Die Augen sämtlicher Mitschüler waren auf mich gerichtet. Sogar die Blicke in meinem Rücken konnte ich spüren. Bis auf vereinzeltes, leises Kichern war es totenstill in der Klasse.

»Eine sehr schöne Geschichte, Nicholas«, sagte meine Lehrerin endlich. »Nur schade, dass nicht du sie geschrieben hast.«

»Ich ... ähm, Miss Christie ... es ...«

Sie hob ihre Hand und ich verstummte sofort. »Ich dachte wirklich, ich habe mich gestern verständlich ausgedrückt. Aber anscheinend wohl nicht deutlich genug.«

Noch einmal schlug sie mit dem Lineal auf den Tisch, was mich erneut zusammenfahren ließ. Ohne ein weiteres Wort griff sie nach meinem Handy und wippte es mit abschätzigen Blicken in ihrer Hand. Dabei nickte sie nachdenklich und murmelte undeutlich ein paar Worte.

»Wie bitte?«, fragte ich und vergaß vor lauter Aufregung, dass ich ihren Namen sagen sollte.

Ihr Blick schnellte vom Handy zu mir hoch. Meine Nackenhaare stellten sich innerhalb eines Sekundenbruchteils auf.

In den Augen der Lehrkraft funkelte eine Mischung aus Belustigung, Freude und blankem Hass. Damit hätte sie problemlos einen Serienmörder in einem Stummfilm verkörpern können. Der Gedanke verursachte mir am ganzen Körper Gänsehaut.

Ich werde drei Kreuze machen, wenn Mrs. Jenkins endlich wieder da ist, dachte ich.

Wie lange mich Miss Christie so eindringlich ansah, weiß ich nicht, aber es fühlte sich jedenfalls wie eine Ewigkeit an.
»Ich sagte, du kannst deine Sachen packen und dich umgehend zum Direktor begeben«, meinte sie und riss mich mit ihrer scharfen Stimme aus meinen Gedanken.
Ich konnte deutlich spüren, wie meine Ohren vor Scham zu glühen anfingen. Hektisch sammelte ich meine Sachen ein und wagte dabei nicht ein einziges Mal, hochzusehen. Endlich hatte ich alles im Rucksack verstaut und konnte mit gesenktem Kopf aus der Klasse stürmen.

* * *

»Geht doch«, verkündete der Direktor, nachdem er meine Geschichte überflogen hatte. Den Rest der Schulstunde hatte ich in seinem Büro verbracht und vor seinen Augen den Aufsatz geschrieben, den ich gestern zu Hause hätte schreiben sollen.
»Und nächstes Mal machst du deine Hausaufgaben nicht in der Schule!« Er bedachte mich zum wiederholten Mal mit einem strengen Blick, während er mich zur Tür begleitete.
Ich schulterte meinen Rucksack und ging in Richtung Klassenzimmer, als ich die Stimme meiner Mutter hörte.
»Vielen Dank, Miss Christie. Das ist sehr nett von Ihnen.«
Oh Mann! An diese Möglichkeit hatte ich noch keinen Gedanken verschwendet.

Ich konnte mich gerade noch hinter einem Mauervorsprung verstecken, als ich auch schon hörte, wie die Tür des Lehrerzimmers geöffnet wurde und sich meine Mutter lautstark verabschiedete.

Erst als ich sicher war, dass sie nicht mehr in der Nähe war, kam ich aus meinem Versteck hervor.

Ich war sowas von am Arsch. So viel war klar.

* * *

Obwohl es bereits mehrmals geklingelt hatte, trödelte ich auf dem Weg zum Klassenraum. Vor der Tür blieb ich kurz stehen und lauschte der gedämpften Stimme von Miss Christie. Am liebsten hätte ich kehrtgemacht, hatte aber schon genug Ärger für heute. Ich atmete tief ein, klopfte an und stürmte nach dem *Herein!* mit gesenktem Blick zu meinem Platz.

Nachdem sich das Getuschel meiner Klassenkameraden beruhigt hatte, begrüßte mich meine Lehrerin.

»Wie ich hörte, war da jemand sehr fleißig. Na, dann lass uns alle daran teilhaben, was *du* Schönes geschrieben hast!«

Ohne hochzuschauen, nickte ich, holte das Heft aus dem Rucksack und begann mit brüchiger Stimme vorzulesen.

»Du hast Talent, Nicholas. Du hast eine sehr kreative Ader. Nur schade, dass du sie nicht nutzt«, meinte Miss Christie, als ich geendet hatte. »Nicholas?«

Erst jetzt registrierte ich, dass sie mir mein Handy entgegenhielt. Daran hatte ich schon gar nicht mehr gedacht. Verlegen griff ich danach und berührte dabei Miss Christies Hand. Es fühlte sich an, als hätte ich einen Stromschlag bekommen.

Die Vertretungslehrerin schien davon jedoch gar nichts mitbekommen zu haben, denn sie hatte nicht einmal minimalst gezuckt. Ich kam mir dumm vor und packte erneut zu.

Diesmal bekam ich zwar keinen Schlag, aber stattdessen schnellten die Finger der Frau blitzschnell um mein Handgelenk und hielten es fest wie ein Schraubstock. Ihre Haut fühlte sich an, als wäre sie gefroren. Das war doch nicht normal, dass ein Mensch so eisige Hände hatte.

Ich meine, kühl ja… — immerhin kannte ich das von meiner Mutter, sogar im Sommer waren ihre oft kalt — aber das war absolut kein Vergleich zu Miss Christies Eisfingern.

* * *

Noch nie in meinem Leben war ich so langsam nach Hause geschlichen wie nach diesem Erlebnis.

Nach Unterrichtsschluss hatte ich mich sogar im Jungenklo versteckt, bis Laura aufgegeben und allein losgegangen war. Ich war später einen Umweg gegangen, nur für den Fall, dass sie mich abpassen wollte. Denn auf gutgemeinte

Ratschläge konnte ich heute definitiv verzichten. Als ich die Haustür aufschloss, war es im Inneren überraschend still. Damit bestätigten sich sofort meine schlimmsten Befürchtungen. Denn normalerweise lief entweder der Fernseher — was bedeutete, dass meine Mutter im Wohnzimmer stand und bügelte oder sich kurz auf dem Sofa ausruhte — oder aber das Radio, während sie am Computer arbeitete oder sich in der Küche aufhielt und das Abendessen vorbereitete. Bei Letzterem sang sie jedoch meistens, wie bereits erwähnt, laut mit.

Im Schneckentempo hängte ich meine Jacke an die Garderobe und bereitet mich auf die eindringlichste Strafpredigt des Jahrhunderts, wenn nicht sogar Jahrtausends, vor. Ich atmete tief durch und wollte gerade das Wohnzimmer betreten, als meine Mutter fröhlich summend die Treppe herunterkam.

Ich ließ bewusst meine Schultern hängen, als ich zu ihr schlürfte.

»Hey, Mom, also ich …« Doch weiter kam ich gar nicht mit meiner Erklärung, denn sie unterbrach mich.

»Da bist du ja endlich. Warst du nach der Schule noch bei Laura?«

Hä? Ich kapierte gerade gar nichts. Miss Christie musste ihr doch gesagt haben, dass ich Nachsitzen hatte. War das jetzt so eine Art Test?

»Ich kann dir das …«, begann ich erneut, aber meine Mutter winkte ab.

»Ist ja auch egal. Im Kühlschrank steht Lasagne und noch etwas Salat, falls du Hunger hast. Ich bin mit Melissa verabredet. Das macht dir doch nichts aus, oder?«

»Also, ich …«, begann ich erneut, wurde aber zum dritten Mal unterbrochen.

»Drei Minuten in die Mikrowelle. Und um 21 Uhr gehst du spätestens ins Bett, hast du gehört? Und Hausaufgaben nicht vergessen!« Damit drückte sie mir einen Kuss auf die Stirn, schnappte sich ihre Handtasche, den Schlüssel und ihre Jacke, und verschwand summend durch die Haustür.

Ich blieb allein zurück mit meinen wirren Gedanken.

Keine Strafpredigt

Kein Verbot.

Sie hatte nicht einmal ein Wort darüber verloren. Ganz so, als hätte Miss Christie es ihr gar nicht erzählt. Hatte ich mir das gerade eben nur eingebildet? Nein, das war eindeutig meine Mutter gewesen.

Ich schüttelte den Kopf. Ich hatte ihre Stimme gehört und bezweifelte stark, dass Miss Christie sie nicht informiert hatte. Und selbst wenn nicht, der Direktor hätte sie doch mit Sicherheit angerufen, oder? Das tat er immer, wenn jemand zu ihm musste, weil er was ausgefressen hatte.

Wahrscheinlich stand mir noch alles bevor, weil meine Mutter abwarten wollte, bis mein Vater am Freitag zurückkam. Auf der anderen Seite, vielleicht war das auch ihre Art, mir eine allerletzte Chance zu geben.

Herum zu grübeln brachte jedoch nichts.

Mir blieb wohl keine andere Wahl, als einfach abzuwarten. Deswegen beschloss ich, das Beste aus der Situation zu machen, denn ich war mir ziemlich sicher, dass das große Donnerwetter noch kommen würde.

Ich schnappte mir einen Pudding und rannte nach oben in mein Zimmer. Schon nach fünf Minuten hatte ich den Schultag und Miss Christie verdrängt und widmete mich einer neuen *Netflix*-Serie, die mir einer meiner Follower dringend ans Herz gelegt hatte.

5

Die schwarze Hand kam aus dem Nichts. Eben noch saß ich mit Laura auf dem Rücksitz von Mamas Auto auf dem Weg zur Pizzeria. Im nächsten Moment drehte sich alles um mich herum und ich war allein im Fahrzeug.

»Laura? Mom?«

Keine Antwort. Wo waren sie? Ausgestiegen, ohne dass ich es mitbekommen hatte?

Ich packte den Türgriff, aber egal wie fest ich an ihm rüttelte, die Tür ließ sich nicht öffnen. Auf der anderen Seite, dort wo Laura bis vor kurzem noch gesessen hatte, das gleiche Problem.

Dann eben vorne. Dort gab es meines Wissens einen Knopf, um *alle* Türen zu entriegeln. Ich wollte gerade durch die Lücke zwischen den beiden Vordersitzen in den Fahrerraum klettern, als ich verwundert feststellte, dass sich das Auto in meinem Klassenzimmer befand. Bevor ich mich jedoch näher damit befassen konnte, wie es dort hinkam, entdeckte ich die Hand, die vor der Windschutzscheibe in der Luft schwebte. Im Zeitlupentempo kam sie auf mich zu. Wieder drehte sich alles um mich herum. Plötzlich war ich nicht mehr im Auto meiner Mutter, sondern stand allein mitten im Klassenzimmer. Nur mit dieser unheimlichen Hand.

Ich wollte weglaufen, schreien, aber es war, als würde ich außerhalb meines Körpers sein. Er gehorchte mir nicht.
Unaufhaltsam kam die Hand näher, streckte ihre knochigen Finger nach mir aus. Jetzt war sie so dicht, dass ich die krallenartigen Fingernägel und die losen Hautfetzen auf dem Handrücken genau erkennen konnte.
Tausend Gedanken tobten in meinem Kopf herum. Was wollte diese Hand? Woher kam sie? Warum half mir denn niemand? Wo war Laura? Inzwischen war die Hand so nah an meinem Gesicht, dass ich den süßlichen Duft von Fäulnis wahrnahm.
Eine unheimliche Stimme ertönte. Zuerst konnte ich das Gemurmel nicht verstehen, aber dann erkannte ich meinen Namen. *Nicholas ... Nichola ... Nicho ... Nick!*
Und als hätte diese Stimme einen geheimen Schalter umgelegt, schien mir mein Körper plötzlich wieder zu gehören. Ein unmenschlicher Schrei entrang sich meiner Kehle.
»Nick!«
Die schwarze Hand verblasste.
Ich hörte mich selbst schreien und im nächsten Moment riss ich die Augen auf und fand mich hellwach, aber schweißgebadet und mit wild pochendem Herzen, in

meinem Zimmer. Meine Mutter beugte sich gerade über mich und hatte ihre Hände auf meine Schultern gelegt.
»Alles gut?«, fragte sie. »Du hast im Schlaf geschrien. Schlecht geträumt?«
Benommen richtete ich mich auf und nickte. »Und was für ein Albtraum«, murmelte ich und versuchte krampfhaft, den Gedanken an die unheimliche Hand abzuschütteln.
»Willst du mir erzählen, wovon du geträumt hast?«, fragte mich meine Mutter.
Ich schüttelte den Kopf, musste selbst erst einmal den Traum verarbeiten. »Später vielleicht, aber danke fürs Aufwecken.« Ich ließ mich zurück ins Kissen fallen.
»Aber nicht wieder einschlafen. Es ist eh Zeit aufzustehen.«
Kaum hatte sie es ausgesprochen, ertönte auch schon das schrille Piepen meines Weckers.
»Hörst du, nicht wieder einschlafen. Ich muss jetzt los zu einem Kundengespräch. Und wir wollen doch nicht, dass du verschläfst«, teilte sie mir mit einem Augenzwinkern mit und verließ mein Zimmer.
Um den Albtraum endgültig zu vertreiben, beschloss ich, kalt zu duschen. Im Badezimmer schaltete ich *Radio Sunergy* auf meinem Handy an und stellte mich unter die Brause. Nach wenigen Sekunden war der Traum fast schon vergessen und ich sang lauthals mit.

Zwar total falsch, und ständig verpasste ich meinen Einsatz, aber dafür war das Badezimmer schließlich da.

* * *

»Na, was geht ab?«, begrüßte mich Laura mit einem Grinsen. »Anscheinend hast du ja gestern gar keinen Ärger bekommen.«

Ich steckte mein Handy in die Hosentasche, runzelte dabei die Stirn und schob meine Unterlippe vor.

Ärger? Ich brauchte einen Moment, bis ich wusste, was sie eigentlich meinte.

Das hatte ich schon wieder völlig vergessen. »Nö, meine Mom hat mir nicht den Kopf abgerissen. Ehrlich gesagt hat sie das Ganze nicht mal erwähnt.« Ich zuckte mit den Schultern und ging nicht weiter auf das Thema ein. Viel zu sehr brannte ich darauf, ihr von meinem Albtraum zu erzählen.

»Kein Wunder«, sagte Laura, als ich meine Geschichte beendet hatte. »Das war garantiert Miss Christie, die dich bis in deine Träume verfolgt. Soll wohl bedeuten, dass du endlich im Unterricht mehr aufpassen sollst.« Sie kicherte. »Dir hätte doch klar sein müssen, dass sie dich auf dem Kicker hat. Aber echt coole Idee mit dem Handy. Du warst Gesprächsthema Nummer Eins in der Pause.«

»Echt? Ich dachte eher, dass ich jetzt die Lachnummer der ganzen Nation bin. Wie auch immer.« Ich seufzte theatralisch und wollte ihr gerade von der dreckigen Unterhose berichten, die ich auf meinem gestrigen *Umweg* zufällig am Straßenrand entdeckte, als Josh auf uns zugerannt kam, nachdem wir den Schulhof betreten hatten. Ich beschloss, Laura die Geschichte nachher zu erzählen.

»Na, alles fit, Nick?«, begrüßte mich Josh.

Ich wunderte mich zwar über seine übertriebene Freundlichkeit, nickte aber. Jetzt gesellte sich auch Jennifer zu uns und grinste mich dämlich an. Hatte ich noch Zahnpasta im Gesicht? Oder Krümel vom Frühstück? Vorsichtshalber wischte ich mir über den Mund.

»Sei mir nicht böse«, begann Josh und legte freundschaftlich eine Hand auf meine Schulter, »aber sogar die Katze von nebenan hat mehr Talent als du.«

»Hä? Wovon …«

»Willst du damit das nächste Supertalent gewinnen? Sorry, aber da wirst du nicht ein einziges *Ja* bekommen«, mischte sich Jennifer ein.

»Jenny hat recht, war aber trotzdem ziemlich lustig«, kam es jetzt von Emily, die sich unbemerkt zu uns gestellt hatte.

»Hier, als Belohnung!« Sie hielt mir eine Tüte mit Schokoladendonuts unter die Nase.

Donuts hin oder her, ich schüttelte den Kopf und öffnete gerade den Mund, um nochmals nachzufragen, aber Laura kam mir zuvor.

»Wovon redet ihr überhaupt?« Genau diese Frage beschäftigte mich ebenfalls.

Josh riss die Augen auf. »Ernsthaft? Hast du heute noch nicht aufs Handy geschaut?« Schon griff er in seine Jackentasche und holte sein Smartphone heraus. »Moment«, murmelte er, während ich überlegte, ob ich ihm vielleicht vor ein paar Tagen auch ein Video geschickt hatte.

Nachdem Josh kurz etwas eingetippt hatte, hielt er es Laura mit den Worten »Musst noch Start drücken« hin.

Ich stellte mich neben sie, konnte aber nur die sich im Display spiegelnden Wolken sehen. Gerade wollte ich sie bitten, das Handy anders zu halten, als ich zur Salzsäule erstarrte. Aus dem kleinen Lautsprecher ertönte das Lied aus dem Radio von heute Morgen, untermalt mit meiner schiefen Gesangseinlage. Das konnte doch jetzt nicht ...

Das war unmöglich.

Ich riss Laura das Handy aus der Hand. Nur, um mich mit Handtuch um die Hüften und meiner Deospraydose als Mikro zu sehen. Was zur Hölle ...?

Mein Blick glitt zur Beschreibung des Clips und ich keuchte auf. Das Video hatte 10.592 Klicks und 102 Kommentare.

»Was … wie kann das …?«, stammelte ich schockiert.

»Alles in Ordnung?«, fragte Josh und nahm mir das Handy aus der Hand, bevor es mir aus den Fingern entglitt. »Du könntest gerade Miss Christie Konkurrenz machen, so blass wie du bist.«

»In … in Ordnung?«, stammelte ich. »Nichts ist in Ordnung. Das … das habe ich nicht aufgenommen.« Meine Finger zitterten, als ich mein eigenes Handy aus der Hosentasche kramte. Mein Herz donnerte in meiner Brust, als ich meinen YouTube-Kanal öffnete. Tatsächlich, da war das Video. Meine Kehle fühlte sich wie zugeschnürt an. Panisch schnappte ich nach Luft. Wie kam die Aufnahme ins Internet?

Ich hatte es mit Sicherheit nicht aufgenommen. Und selbst wenn ich versehentlich die Kamera aktiviert hätte, hätte ich es doch bewusst hochladen müssen. Und außer mir war heute Morgen niemand mehr im Haus gewesen.

Meine Gedanken rasten hin und her, während ich das Einzige tat, was im Moment wichtig war: Ich löschte es. Erst als es verschwunden war, konnte ich wieder frei durchatmen.

Sofort piepte eine Benachrichtigung.

Hi. Warum hast du das Video gelöscht, wollte es gerade teilen. Das war echt mega schräg, schrieb mir Julia1342 auf dem Messenger. Diese Nachricht löschte ich ebenfalls.
Schräg? Das war so was von oberpeinlich.
Ich blickte zu meinen Freunden und dann über ihre Köpfe hinweg zum Schulhof. Bildete ich mir das nur ein, oder starrten so ziemlich alle Schüler in meine Richtung?
Noch immer unter Schock ging ich zu einer Bank und setzte mich. Die anderen folgten mir.
»Ich ... ich habe das nicht hochgeladen. Ich würde doch nie ...«, rechtfertigte ich mich stotternd.
»Aber das warst du doch in dem Video. Und das war doch auch dein Account.«
Emily hatte vollkommen recht.
»Und wenn du das nicht selbst gewesen bist, dann gibt es nur eine logische Erklärung, Alter. Du wurdest gehackt!«
Ich blickte zu Josh, der direkt vor mir stand. Zwei, vielleicht auch drei Sekunden lang starrte ich ihn sprachlos an. Mit einem Mal begann ich am ganzen Körper zu zittern. Konnte das tatsächlich sein? Aber wer sollte mich hacken und warum?
Mitten in meine sich überschlagenden Gedanken hinein piepte mein Handy erneut und kündigte eine weitere

Nachricht an. Ich wollte sie fast schon ungelesen direkt löschen, als mein Herz bei dem Text einen Schlag aussetzte. *Schade, dass du das Video gelöscht hast. Warum siehst du so unglücklich aus? Ich dachte, du magst solche witzigen Einlagen. Gestern hast du doch auch gelacht, als du dir den Film mit dem schlafenden Jungen angesehen hast*, schrieb Freund667.
Meine Kehle fühlte sich mit einem Mal erneut wie zugeschnürt an. Panik machte sich in mir breit. Hektisch sah ich mich um, aber niemand in meiner Nähe hatte ein Handy in der Hand. Woher konnte diese Person also wissen, dass ich unglücklich aussah? Jemand muss mich die ganze Zeit sehen, dachte ich. Und plötzlich wusste ich, was passierte. Ich sah auf meine Handykamera, zu meinen Freunden, und mein Herz rutschte in die Hose. Ganze fünf Sekunden dauerte es, bis mein Handy ausgeschaltet und heruntergefahren war.

***

»So, jetzt sollte alles wieder beim Alten sein«, sagte ich und deutete unsinnigerweise auf mein Handy.
»Na endlich«, antwortete Laura und warf sich aufs Bett. Sie legte sich auf die Seite, stützte ihren Kopf mit dem Arm ab und sah mich an. »In Zukunft würde ich wirklich aufpassen, was du anklickst oder herunterlädst.«

Ich nickte, denn genau zu diesem Schluss waren wir in der Frühstückspause gekommen, als ich mich mit Laura und Josh flüsternd über das Video und die seltsame Nachricht unterhalten hatte. Durch irgendeinen Link oder eine App musste ich jemandem Zugriff auf meinen Account gewährt haben.

Noch immer konnte ich nicht begreifen, warum ausgerechnet mir so etwas passierte. Ich fragte mich die ganze Zeit, *wobei* mich der Hacker beobachtet hatte. Vielleicht beim in der Nase bohren oder sogar auf der Toilette. Bei diesen Gedanken erschauerte ich.

In der Schule hatte ich mich kaum konzentrieren können. Ich war Laura sehr dankbar, als sie anbot, mit zu mir zu kommen, um mir beim Zurücksetzen des Handys auf die Werkseinstellungen zu helfen. Das Löschen und Neuinstallieren meiner geliebten Apps dauerte weniger lange, als ich erwartete. Umso länger benötigte ich für die ganzen Passwörter. Ich schwor mir nochmals, in Zukunft genau zu überlegen, wo ich mich anmeldete, denn ich hatte es anscheinend eindeutig übertrieben.

* * *

Erleichtert stand ich vom Boden auf. Laura machte Platz, damit ich mich neben sie aufs Bett legen konnte.

»Hast du noch Lust auf einen Film?«, fragte ich und bewaffnete mich mit der Fernbedienung. Laura sagte eigentlich nie Nein zu einem guten Film, doch diesmal schüttelte sie den Kopf und stöhnte: »Du bist echt unverbesserlich. Hast du nicht was vergessen?«
Sofort setzte ich mich auf und überlegte angestrengt, was sie meinen könnte. In Gedanken ging ich sämtliche Apps und Accounts durch, kam aber nicht darauf, was sie meinte. »Kein Plan, wovon du redest. Und so wie ich dich kenne, kannst du es gar nicht erwarten, es mir endlich unter die Nase zu reiben. Also spuck es schon aus!«
Ich erntete einen genervten Blick, verbunden mit dem Hinweis: »Hausaufgaben.«
Ich warf mich zurück aufs Bett, zog mein kleines Kuschelkissen über mein Gesicht und jammerte: »Hast du kein Herz? Manchmal glaube ich, dass du nur geboren wurdest, um mir das Leben zur Hölle zu machen.«
»Kann sein«, antwortete sie und zog das Kissen weg. »Na los, gemacht werden müssen sie doch. Oder willst du morgen schon wieder Ärger?«
Ich schloss die Augen, spürte aber an der Bewegung der Matratze, dass Laura aufstand. Sie hatte recht. Aber mal so ganz unter uns, warum musste meine beste Freundin so eine verdammte Streberin sein?

»Wird's bald, oder muss ich dir Beine machen?«

* * *

»Fertig!«, rief Laura, nachdem wir zwei Stunden über unseren Hausaufgaben gebrütet hatten. Ein Blick auf mein Handy verriet mir, dass es schon 19 Uhr war.

»Soll ich dich nach Hause begleiten?«, bot ich an, aber sie schüttelte den Kopf.

»Bloß nicht. Da kann ich ja direkt weiter zur Schule gehen. Ohne dich bin ich mit meinem Board viel schneller.«

»Haha, sehr witzig. Aber okay, wie du willst«, sagte ich und brachte sie nach unten zur Haustür, wo wir uns verabschiedeten. Ich sah Laura kurz nach, wie sie mit ihrem Board die Straße entlangfuhr, und ging zurück ins Haus. Meine Mutter rumorte in der Küche herum, weswegen ich einen kurzen Blick in die Töpfe warf.

»Eine halbe Stunde noch«, teilte sie mir mit und widmete sich wieder dem Eisbergsalat, den sie gerade in mundgerechte Stücke schnitt.

Ich nickte, schnappte mir eine Flasche Wasser und rannte nach oben in mein Zimmer. Dort angekommen legte ich mich aufs Bett und schaltete den Fernseher an. Dabei streifte mein Blick das Handy und das ungute Gefühl von heute Morgen kehrte zurück. Ich hielt die Luft an, während ich es ergriff.

Nur einmal nachsehen, ob der Hacker vielleicht doch wieder etwas hochgeladen hatte, obwohl ich alles neu installiert hatte. Erleichtert atmete ich aus. Kein neues Video und auch keine merkwürdigen Nachrichten.
Anscheinend hatte ich es tatsächlich geschafft und den Hacker ausgesperrt. Mir fiel ein Stein vom Herzen. Ich legte das Handy wieder zur Seite und zappte durch die verschiedenen Sender.
Nach fünf Minuten war ich wieder am Anfang und musste feststellen, dass absolut nichts Interessantes lief. Also griff ich wieder nach meinem Handy.
»Allemal besser als Werbung«, murmelte ich.
Zuerst einmal kümmerte ich mich um meine Stadtbewohner bei *Twillstown*, dann holte ich mir meine ganzen Tagesbelohnungen ab und spielte ein paar Minuten, ehe ich mich bei Instagram und Facebook einloggte, um zu sehen, was ich alles verpasst hatte. Ich kommentierte ein paar Bilder, vergab ein paar Likes und stellte fest, dass mir heute 20 Leute bei Instagram entfolgt waren. Ich seufzte leise und fragte mich, ob es an dem Video lag. Eine Nachricht von Laura ploppte auf.
Na, kaum bin ich weg, bist du schon wieder am Handy? Spaß, wollte nur sagen, dass ich gut zu Hause angekommen bin.

Auf der einen Seite freute ich mich, das zu lesen, auf der anderen war ich verärgert, dass sie mich kurz nach unserem Abschied schon wieder online ertappt hatte.

Obwohl sie es nicht sehen konnte, streckte ich ihrem Avatar die Zunge raus. Ich musste grinsen, als mir dabei eine App einfiel, die ich vor kurzen in einem YouTube-Video gesehen hatte. Ohne weiter darüber nachzudenken, installierte ich die Anwendung und öffnete danach die Foto-App. Ich bestätigte den Zugriff auf meine Kamera und die Fotogalerie und schon konnte ich loslegen.

Ich streckte die Zunge heraus, verpasste mir ein paar lange Schlappohren und eine Hundenase. Damit sah ich aus wie ein reumütiger Hund, der ein schlechtes Gewissen hatte und dem niemand etwas übelnehmen konnte.

Perfekt! Ich drückte den Auslöser.

Aber was war das denn?

Mit einem Mal fingen meine Augen zu brennen an, als würde meine Mutter eine Zwiebel direkt neben mir schälen. Ich blinzelte und kämpfte gegen meine laufende Nase an, indem ich mit meinem Ärmel darüberwischte. Aber sie fühlte sich danach noch immer nass an.

Na toll, jetzt werde ich auch noch krank, dachte ich. Ätzend!

Willst du lachen?, schrieb ich Laura.

Noch mehr als über den Versuch mit dem treudoofen Hund?
Hahaha. Nö, besser. Halloween fällt flach! Ich werd' krank und du mit Sicherheit auch. Muhahaha.
Inzwischen lief nicht nur meine Nase, sondern auch meine Ohren fühlten sich richtig komisch an. Selbst das *Pling* von Lauras Antwort hörte sich dumpfer an als sonst.
Wehe, dann bring ich dich höchstpersönlich um.
Halloween war Laura absolut heilig und sollte sie krank werden, dann ließ sie ihre Mom bestimmt nicht aus dem Haus.
»ESSEN!«
Die Stimme meiner Mutter ertönte von unten und prompt knurrte mein Magen.
Muss essen!, schrieb ich kurz, während ich lautstark antwortete: »Komme!«
Rasch steckte ich mein Handy noch ans Ladekabel, dann rannte ich die Treppe nach unten. Auf dem Weg in die Küche kam ich am Spiegel vorbei und sah aus den Augenwinkeln etwas, das mich anhalten ließ. Langsam ging ich zwei Schritte zurück und sah diesmal bewusst hinein. Das Herz rutschte mir in die Hose, meine Augen weiteten sich ungläubig und meine Kinnlade klappte nach unten. Mein Spiegelbild tat es mir nach, nur mit dem Unterschied, dass mein Spiegel-Ich genauso aussah wie das Bild, das ich vor

wenigen Minuten Laura geschickt hatte. Das musste ein Traum sein. Ich schloss die Augen und schüttelte den Kopf, als könnte ich damit diese Halluzination vertreiben. Aber als ich sie öffnete, sah ich noch, wie die langen Schlappohren nachschwangen.

Als würde ich von jemandem ferngesteuert, griff ich mit der Hand danach und spürte das warme Fell zwischen meinen Fingern. Ich zog daran und keuchte vor Schmerz auf.

Hektisch begann ich mein Gesicht abzutasten, während mein Spiegelbild es mir gleichtat.

Was zur Hölle …? Wie konnte es sein, dass ich so aussah wie in der App? Das musste ein schlechter Traum sein. Aber warum tat es dann weh? Ich versuchte, einen klaren Gedanken zu fassen, aber meine Überlegungen rasten nur so durch meinen Kopf.

»Nick, kommst du?«, rief meine Mutter ungeduldig aus der Küche.

»Was? Äh, ja …«

Auf keinen Fall konnte ich so zu ihr gehen. Sie würde direkt in Ohnmacht fallen oder sogar einen Herzinfarkt bekommen. Aber was sollte ich dann machen? Ich war wie gelähmt.

In der Küche schabten Stuhlbeine über die Fliesen und ich hörte Schritte. Gleich würde meine Mutter in den Flur kommen und nach mir sehen.

»Nick, was ist …«

Das Telefon klingelte. Die Schritte entfernten sich.

Erleichtert atmete ich aus, aber ich war dadurch noch lange nicht gerettet. Ein letztes Mal blickte ich in den Spiegel, voller Hoffnung, dass er mein unverändertes Spiegelbild zeigte.

Aber ich hatte mir das Ganze leider nicht eingebildet. Nach wie vor starrte mir ein Hundegesicht entgegen.

Ich meine, ich sah echt süß aus mit den großen Augen, keine Frage, aber, hallo, diese Schlappohren und die Nase. So konnte ich doch unmöglich meiner Mutter gegenübertreten, geschweige denn morgen in die Schule gehen. Ich musste also erst einmal zurück in mein Zimmer.

Endlich gehorchten mir auch meine Beine wieder, die sich bis vor wenigen Augenblicken noch benommen hatten, als gehörten sie überhaupt nicht zu mir. Ich setze die Kapuze meines Hoodies auf und stürmte mit gesenktem Blick in die Küche.

»Kann ich bitte oben essen? Bin noch nicht fertig mit den Hausaufgaben«, nuschelte ich.

Meine Mutter blickte vom Telefon kurz zu mir, dann wieder zurück. Dabei nickte sie.

»Danke«, brummte ich und schnappte mir meinen Teller. In meinem Zimmer angekommen, schloss ich sofort die Tür hinter mir, stellte das Essen achtlos auf den Schreibtisch und griff nach meinem Handy.

Die Kamera war noch eingeschaltet und innerhalb weniger Sekunden tauchte das Hundegesicht auf dem Display auf. Wie schon unten im Flur, nur diesmal langsamer, betastete ich zuerst meine Nase, dann die Ohren und beobachtete mich dabei aus weit aufgerissenen Augen.

Ich drückte meine Nase und zog am Ohr. Das Ergebnis gefiel mir immer noch nicht, denn ich konnte wieder jeden meiner Griffe spüren. Panisch schaltete ich die Kamera aus und blickte mich im Zimmer um.

Angst machte sich in mir breit. Was sollte ich jetzt tun? Alles war gut gewesen, bis ich diese App …

Ohne Zeit zu verschwenden, drückte ich ein paar Sekunden lang auf das Symbol der App, bis ein X im rechten, oberen Rand erschien. Mit zitterndem Zeigefinger bestätigte ich und die App war verschwunden. Das Handy glitt mir aus der Hand. Jetzt war alles wieder gut. Es musste einfach gut sein.

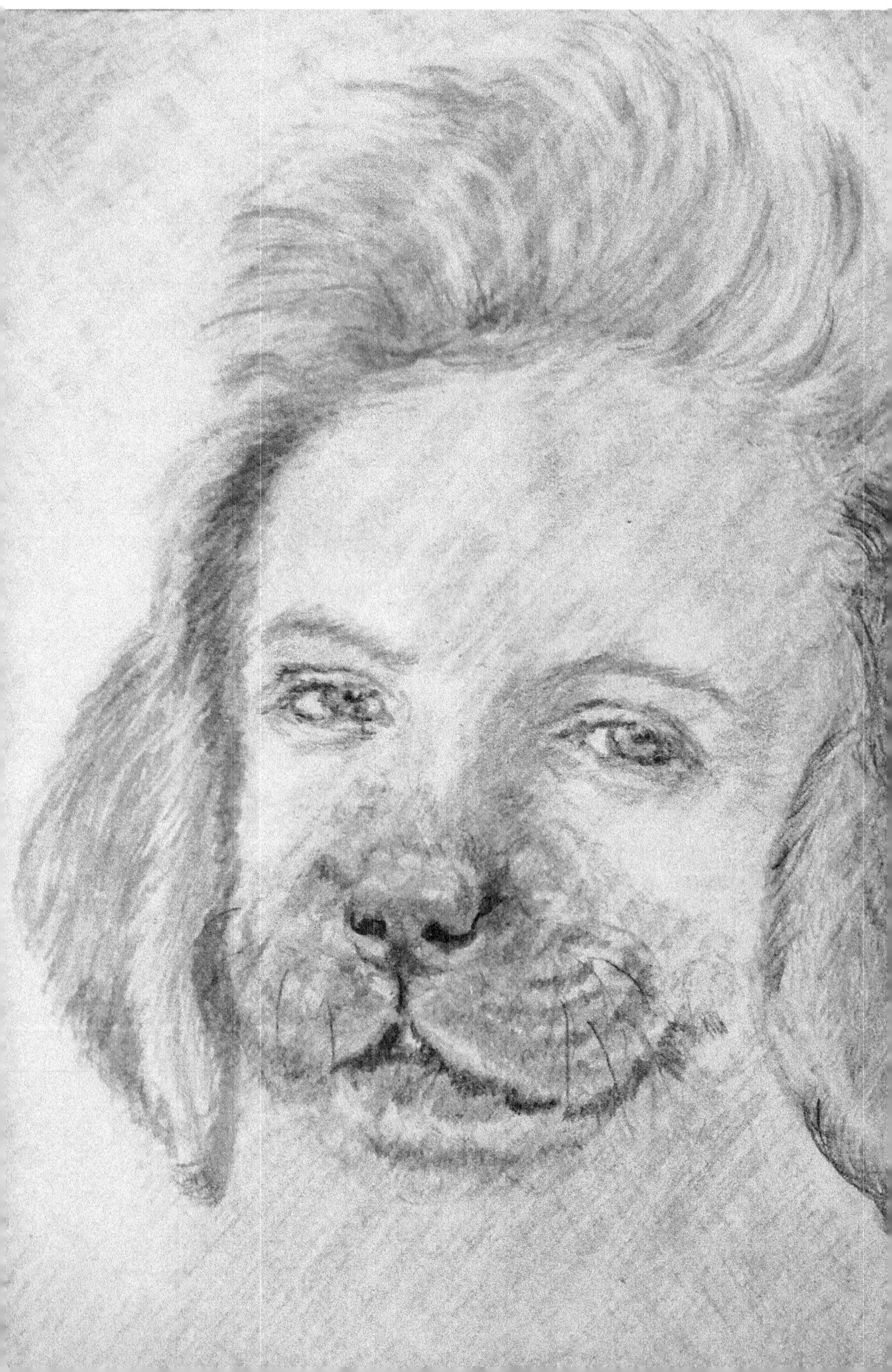

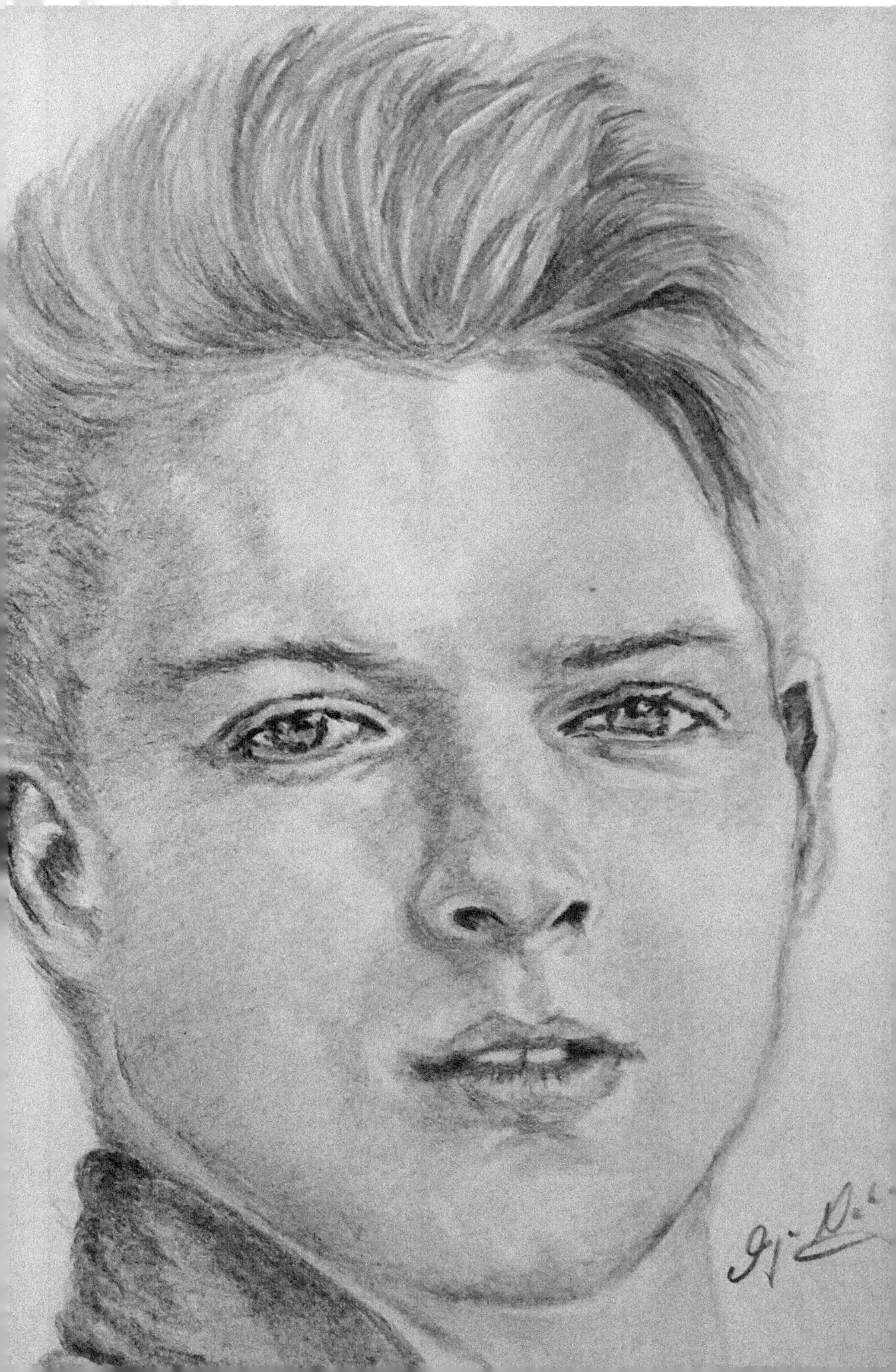

Ich atmete langsam aus und wartete, bis sich mein Herzschlag beruhigte. Nur schien er davon nicht viel zu halten. Jede Faser meines Körpers war angespannt. Was, wenn ich noch immer Schlappohren hatte?

Ich wollte einerseits nachschauen, aber andererseits siegte die Angst.

Piep.

Erschrocken hielt ich erneut die Luft an. Doch dann fiel mir ein, dass Laura vielleicht was von mir wollte. Ich stieß den angehaltenen Atem aus, griff nach meinem Handy und bereute es in der gleichen Sekunde.

Im dunklen Display spiegelte sich mein Hundegesicht. Ich spürte, wie sich meine Augen mit Tränen füllten, während ich das Gefühl hatte, eisige Finger würden sich um meinen Hals legen. Was sollte ich jetzt tun? Zu meiner Mutter gehen und sagen: Hey, guck mal, was ich für ein niedliches Hundegesicht habe?

Garantiert nicht. Eher würde ich den Rest meines Lebens in diesem Zimmer bleiben.

Aber ich brauchte dringend Hilfe.

Ich entsperrte mit zittrigen Fingern das Display, ignorierte die eingegangene Nachricht und tat das einzige, was mir in den Sinn kam: Ich rief Laura an.

Tut. Tut. Tut.

Mein Herz raste wie verrückt, während ich nervös auf meinen Lippen herumkaute und mir überlegte, was ich ihr eigentlich erzählen sollte.
Hey, ich bin ab sofort ein Hund? Nein, das klang viel zu albern.
Ich brauche wieder deine Hilfe? Ja, eindeutig besser, aber was dann?
»NICK!«
Ihre Stimme holte mich zurück in die Realität.
»Du musst deine Nummer schon unterdrücken, wenn du nur laut ins Telefon atmen willst. Sonst ist da nichts zum Fürchten«, erklärte sie mir kichernd. »Oder wolltest du noch was anderes? Wenn nicht, ich muss …«
»Was tätest du denn, wenn du eine Spaß-App nutzen würdest, und du plötzlich genauso aussiehst wie diese Anwendungen?«, platzte es aus mir heraus.
»Wie bitte?« Ich konnte mir gut vorstellen, wie sich auf ihrer Stirn Falten bildeten und sie sich fragte, was für einen Blödsinn ich mir gerade ausgedacht hatte.
»Was soll das denn jetzt?«
»Laura, ich mein das todernst. Moment.« Ich legte einfach auf, nur um sie eine Sekunde später wieder anzurufen, diesmal in einem Videochat.

»Mensch, Nick, ich will gleich noch lesen, also …«, begann Laura und stöhnte dann genervt auf, als sie mein Gesicht erblickte. »Kannst du mal diese dämliche Hunde-Maske ausschalten. Das ist …«

»Würde ich ja gerne«, unterbrach ich sie und zog demonstrativ an meinem Ohr. »Das ist kein Gag, Laura, das ist echt!«

»Ja, ja, schon klar. Und ich bin die Frau des Osterhasen. Auf jeden Fall ist sie gut programmiert, diese App. Ist die neu?«, fragte sie und ich hörte aus ihrem Unterton heraus, dass sie genau wusste, dass ich sie neu installiert hatte. Genauso wie ich hören konnte, dass sie das Ganze im Moment kolossal nervte.

»Hörst du mir eigentlich mal zu? Das ist kein Spaß«, fauchte ich sie an. Zum Beweis wackelte ich mit dem Kopf, zog an meinem Ohr, streckte meine lange Zunge heraus, rümpfte die Nase und verrenkte mich, um sie zu überzeugen. »Siehst du. So gut kann eine Software gar nicht sein. Ich hab' das dämliche Foto vorhin von mir gemacht und seitdem sehe ich so aus!«

Laura beobachtete mich ein paar Sekunden.

»Und das soll ich dir glauben? Nicht mal ein Hacker könnte eine App so programmieren, dass sie dich in der Realität so aussehen lässt. Also, netter Versuch. Kann ich jetzt bitte …«

Ich stöhnte verzweifelt und schlug mir mit der Hand gegen die Stirn. »Laura, bitte, bitte, bitte, das ist kein Spaß. Ich kapier das alles nicht und hab' verdammt nochmal Angst. Bitte, hilf mir«, flehte ich sie an. »Ich dreh hier noch durch. Und du machst dich über mich lustig.«
Sie rollte mit den Augen. Es raschelte und ich wusste, dass sie gerade ihr Buch zur Seite gelegt hatte. »Na schön, nur mal rein theoretisch, wie soll ich dir denn jetzt helfen?«
»Was weiß ich denn«, heulte ich auf. »Du bist doch die Schlaue von uns beiden. Was würdest du denn in meiner Situation machen?«
Ich sah, wie auch sie jetzt auf ihrer Unterlippe kaute. Ein sicheres Zeichen, dass sie scharf nachdachte.
»Ich würde die App schließen«, meinte sie nach einiger Zeit.
»Ist sie schon«, erklärte ich und merkte, wie sich meine Stimme dabei viel zu schrill anhörte. Ich atmete kurz durch, um mich zu beruhigen. »Und gelöscht habe ich sie auch, falls das dein nächster Vorschlag gewesen wäre.«
»Puh, dann weiß ich auch nicht, was ich dir noch raten könnte.«
»Bitte, denk nach«, flehte ich sie an und war wieder den Tränen nahe.

»Hmm«, dachte sie laut nach. »Wenn ich eine App hätte, die mich in so etwas verwandelt, was als Spaß gedacht ist und diese App wäre aber gar nicht mehr auf meinem Handy … Das ist verdammt schwer und abgefahren.« Ich hörte sie laut schnauben, dann sagte sie mit einem triumphierenden Ton in der Stimme. »Ich hab's, lösch einfach das Foto.«
Sie grinste mich an. »Und, hab' ich die Prüfung als beste Ratgeberin in Notsituationen bestanden?«
Sie nahm es also immer noch nicht so richtig ernst, aber zumindest die Idee war gut. Verdammt gut sogar. Statt einer verbalen Antwort, verließ ich einfach den Videochat, rief meine Fotogalerie auf und löschte das Bild.
Ich wartete eine Sekunde, dann öffnete ich den Papierkorb und beseitigte es auch dort. Es kribbelte wieder am ganzen Körper und für einen kurzen Moment fühlte ich mich irgendwie komisch.
Bedeutete das etwa, dass …?
Ich atmete bewusst tief ein und aus, dann fasste ich mir an meine Nase. Sie wirkte normal. Also probierte ich es mit meinen Ohren. Auch diese fühlten sich menschlich an. Also öffnete ich mutig die Kamera und kreischte vor Freude laut auf.

Ich war wieder ich. Allerdings mit einer roten Stelle am Kinn, die mit großer Wahrscheinlichkeit morgen früh ein dicker, fetter Pickel sein würde.
»Nick???? Alles in Ordnung? Du klingst, als hättest du gerade von einem Sechser im Lotto erfahren.«
Was? Ach ja, Laura. Ich öffnete rasch den Video-Chat.
»Danke. DANKE!!!! Tausend Dank.« Ich konnte mein Glück noch gar nicht fassen. Wäre Laura jetzt hier bei mir im Zimmer, ich wäre ihr um den Hals gefallen. »Ich wusste, dass du die Beste bist. Das ist sogar noch die Untertreibung des Jahrtausends«, teilte ich ihr freudestrahlend mit.
»Na dann«, meinte sie, kniff die Lippen zusammen und zog die Augenbrauen nach oben. Ich konnte ihr ansehen, dass sie alles noch immer für einen meiner blöden Späße hielt. »Kann ich mich jetzt, wo ich dein albernes Problem gelöst habe, endlich wieder meinem Buch widmen?«
Bevor ich antworten konnte, winkte sie und war auch schon aus dem Chat verschwunden.
Ich schloss die App, als mir die Nachricht einfiel, die vorhin angekommen war. »Dann wollen wir mal sehen, was du gerade wolltest, liebe Laura«, murmelte ich und erstarrte.
Die Nachricht war nicht von Laura, sondern von *Freund 667*. Und sie lautete: *Du siehst wirklich total süß aus mit*

diesem treudoofen Hundegesicht. Obwohl, ich glaube, du wärst auch eine niedliche Katze. C.

Ein eiskalter Schauer lief über meinen Rücken, während mir gleichzeitig speiübel wurde. Als hätte ich gerade einen Stromschlag bekommen, warf ich das Handy auf den Schreibtisch, als wäre es mit einer tödlichen Krankheit infiziert. Ich starrte es argwöhnisch an, während mein Herz polterte.

Was auch immer da gerade passierte, es war anscheinend noch nicht vorbei!

Und das machte mir Angst.

6

»55 mal 283«, diktierte Miss Christie. Als ich nicht schnell genug reagierte — zumindest aus ihrer Sicht — donnerte sie: »Wirst du die Aufgabe wohl endlich an die Tafel schreiben.«

Meine Hand zitterte, sodass ich die Kreide kaum halten konnte. Ich setzte sie an und prompt ertönte ein höllisch lautes Quietschen, als ich die erste Ziffer schreiben wollte. Ich zuckte zusammen und rechnete fest damit, dass sich Jennifer oder Emily lautstark beschweren würden, aber es blieb ruhig. Nicht einmal Chris, unser Klassenclown, gab einen seiner dämlichen Sprüche zum Besten. Irgendetwas stimmte hier nicht. Sonst kam doch immer ein blöder Kommentar. Hatten sie etwa genauso große Angst vor Miss Christie wie ich?

»Na los!«, kommandierte diese und holte mich damit aus meinen Gedanken zurück an die Tafel. Ihre Stimme klang schneidend scharf. »Rechne! Oder soll ich jetzt denken, dass du nicht einmal diese einfache Rechnung lösen kannst?«

Ich schluckte. Mein Kopf fühlte sich plötzlich an, als wäre er mit Watte gefüllt. Verdammt, wie war noch mal die Aufgabe? Ich hatte keine Ahnung. Vielleicht konnte mir

Laura helfen. Schweißperlen bildeten sich auf meiner Stirn, während ich einen Blick über meine Schulter riskierte.

»Was …?«, keuchte ich und wandte mich schockiert wieder zur Tafel. Der Klassenraum war leer, nur Miss Christie saß auf meinen Platz.

»Wirst du jetzt wohl endlich rechnen und dich nicht im Klassenzimmer umsehen«, zischte Miss Christie.

Hinter meinem Rücken schabte ein Stuhlbein über den Boden. Ohne es mit eigenen Augen zu sehen, wusste ich, dass die Lehrerin aufgestanden war. »Ich … ich … kann nicht«, stammelte ich. Wo waren die anderen? Und warum war ich mit unserer Vertretungslehrerin allein in der Klasse?

»Du willst mir also erzählen, dass du so eine einfache Aufgabe nicht lösen kannst?« Ihre Schritte kamen näher.

»Nein … also eigentlich schon, aber …«, murmelte ich. Wollte sie mich absichtlich so nervös machen? Hatte sie deswegen vielleicht alle früher in die Pause geschickt? Ein lauter Knall riss mich aus meinen Gedanken.

»Du schaffst das, Nicholas. Du bist doch schließlich mein Lieblingsschüler.« Die Stimme von Miss Christie erklang dicht an meinem Ohr, ihr Mund war nur noch wenige Zentimeter entfernt.

Durch ihren eisigen Atem sträubten sich meine Nackenhaare. Am liebsten wäre ich einfach verschwunden.

»Und mein Lieblingsschüler wird doch so eine leichte Aufgabe rechnen können, oder?«

»Ich ...«, setzte ich an und verstummte abrupt, denn plötzlich machte sich meine Hand selbstständig.

Aber nicht, weil ich mich wieder an die Aufgabe erinnerte, sondern das Gegenteil war der Fall: Mein Kopf war noch immer wie leergefegt.

Nein, meine Hand schwebte einfach so durch die Luft, als gehörte sie gar nicht zu mir, und ich beobachtete, wie sie zu schreiben anfing. Eine Zahl nach der anderen, so als hätte eine fremde Macht die Kontrolle über meine Hand übernommen. Ich riss verwundert die Augen auf und starrte mit einer Mischung aus Panik und Faszination auf die hingekritzelten Zahlen.

Dann schüttelte ich den Kopf und versuchte mit aller Kraft, meine Hand von der Tafeloberfläche zu entfernen. Ich strengte mich dermaßen an, dass ich spürte, wie sich mein Kopf rot färbte. Doch nichts passierte.

»Miss Christie ...«, flüsterte ich und versuchte nochmals, meine Hand zu senken. Doch diese schrieb einfach weiter.

»Ich ... Miss Christie.« Meine Stimme wurde lauter und nun war auch die aufkeimende Panik unüberhörbar.

»Und jetzt: 99 mal 114«, antwortete die Lehrerin lediglich. Ich hörte ihre Worte und meine Hand reagierte darauf, indem sie das Ergebnis an die Tafel schrieb.

Immer schneller tauchten die Zahlen auf der dunkelgrünen Oberfläche auf. Und schon bombardierte Miss Christie mich mit der nächsten Aufgabe. Die Kreide flog nur so über die Tafel.

»Miss Christie«, flehte ich. »Hier stimmt irgendwas nicht. Das bin nicht ich, der die Aufgaben …« Ich beendete den Satz nicht.

Meine Lehrerin lachte auf und stellte mir direkt die nächste Aufgabe.

Ich konzentrierte mich und versuchte, die Kontrolle über meinen Arm zurückzugewinnen, aber es war aussichtslos. Je mehr ich mich gegen diesen fremden Einfluss wehrte, umso mehr verkrampften sich meine Finger um die Kreide. Mein Arm begann zu schmerzen.

»Halt!«, kreischte ich.

Ein heiseres Lachen ertönte. »Ich wusste doch, dass du ein fleißiger Schüler bist, Nicholas Zacharias. Natürlich bekommst du noch eine weitere Aufgabe. Schon bald gehörst du mir. Mir allein«, verkündete sie und zwinkerte mir zu.

Dann warf sie ihren Kopf in den Nacken und stieß ein Gelächter aus, das von Sekunde zu Sekunde durchdringender wurde, bis es in den Ohren schmerzte.
»Nein ... nein ...«
»Nick, hörst du mich denn nicht? Nick!!!!!«
Von weit weg hörte ich die Stimme meiner Mutter. Ich wollte mich umdrehen, aber bis auf meinen Arm, der nur so über die Tafel flog, konnte ich mich nicht bewegen.
»Mom«, rief ich, »hilf mir!«
»Nick!«
Ihre Stimme wurde jetzt lauter. Um mich herum verblasste das Klassenzimmer immer mehr und Miss Christies Lachen veränderte sich, wurde irgendwie schrill und metallisch.
»Nick, stellst du jetzt bitte deinen verdammten Wecker aus!«
Noch leicht benommen schlug ich die Augen auf.
Natürlich, ich hatte nur geträumt. Schon wieder einer dieser Albträume, dachte ich. Langsam richtete ich mich in meinem zerwühlten Bett auf und sah auf meine Mutter, die in der offenen Tür stand.
»Zum letzten Mal - mach diesen verdammten Wecker aus«, brummte sie. »Vielleicht solltest du mal früher ins Bett gehen, dann würdest du ihn auch hören und nicht tief und fest weiterschlafen.«

Das Klingeln endete abrupt, als ich über den Bildschirm meines Handys wischte.

»Na endlich«, stöhnte meine Mutter und zog die Tür von außen ins Schloss. »Und nicht wieder einschlafen!«, hörte ich sie noch durch die geschlossene Zimmertür sagen.

»Puh«, schnaufte ich und ließ mich zurück ins Kissen fallen. Der Albtraum hatte sich so was von echt angefühlt. Noch nie in meinem ganzen bisherigen Leben hatte ich einen derart realistischen Traum gehabt. Selbst die Finger meiner rechten Hand und der Oberarm schmerzten noch, als hätte ich tatsächlich die Lösung von tausend Rechenaufgaben an die Tafel geschrieben.

Während ich meine Finger massierte und mir weitere Details des Traums ins Gedächtnis zu rufen versuchte, tauchte ein ganz anderes Bild vor meinem inneren Auge auf: Ich mit Schlappohren und einer riesigen kalten Hundeschnauze.

Sofort betastete ich mein Gesicht. Mir fiel ein Stein vom Herzen, als ich bemerkte, dass da nichts dergleichen war, das mich mehr zu einem Hund als einem Menschen machte. Ob ich das vielleicht auch nur geträumt hatte?

Es gab nur eine Möglichkeit, das herauszufinden. Ich griff nach meinem Smartphone und öffnete die Anrufliste.

Sie war komplett leer. Logisch. Immerhin hatte ich gestern das Handy auf Werkseinstellungen zurückgesetzt, und wenn ich Laura nicht angerufen hatte, musste die Liste schließlich leer sein. Also war alles nur ein ewiger und unheimlicher Albtraum. Erleichterung machte sich in mir breit, aber leider nur für einen kurzen Augenblick, nämlich so lange, bis mir die komische Nachricht von gestern Abend wieder einfiel. Sofort beschleunigte sich mein Puls und ein flaues Gefühl breitete sich in meiner Magengrube aus, als ich meinen Nachrichtenordner öffnete. Aber auch dieser Verlauf war, bis auf die Mitteilungen, die ich mit Laura geschrieben hatte, leer.

Oder hatte dieser Unbekannte wieder die Kontrolle übernommen und einfach alles gelöscht? Immerhin hatte er mich in der Dusche gefilmt und das Video hochgeladen. Es konnte gut sein, dass … In dem Moment schlich sich die Erinnerung in meine Gedanken. Ich hatte das Handy auf den Schreibtisch geworden. Wieso lag es dann heute Morgen auf dem Nachtschrank? Die einzige Erklärung war, dass ich das alles tatsächlich geträumt hatte.

Das würde auch eine logische Begründung für das C. am Ende der Nachricht sein. Schon hörte ich Lauras Stimme, die sagte: Sie verfolgt dich halt bis in deine Träume.

Ich verwarf den Gedanken schnell und stand auf.

Nachdem ich geduscht und gefrühstückt hatte, sah die Welt schon wieder ein wenig anders aus. Mittlerweile war ich davon überzeugt, dass ich das alles nur geträumt hatte. Alles andere wäre physikalisch gar nicht möglich. Und wenn es eine App geben würde, die Menschen derart verändern konnte, wäre ich einer der Ersten gewesen, die davon Wind bekommen hätten. Immerhin folgte ich den angesagtesten Youtubern und Technikseiten. VR-Brillen, 3-D-Drucker, all diese Dinge kannte ich. Und etwas so Weltbewegendes wie eine solch bahnbrechende App wäre niemals an mir vorbeigegangen.

* * *

Ich biss ein letztes Mal von meinem Marmeladenbrötchen ab und machte mich dann gutgelaunt auf den Weg zur Schule. Der Tag konnte nur spitzenmäßig werden, denn ich hatte meine Hausaufgaben gemacht und überhaupt, Miss Christie konnte mich mal sonst wo küssen.

Um meine positive Energie noch zu steigern, wie Mom es immer nannte, schnappte ich mir mein Handy aus der Jackentasche und schaltete die Wiedergabe meiner Playlist an. Sofort ertönte ein harter Beat und ich passte meine Schritte dem Rhythmus an. Das fühlte sich so gut an, dass ich beschloss, gleich auch noch etwas für meine Kondition zu tun.

Fünf Sekunden später hatte ich *Zombiesteppers* gestartet und ein Ziel von zwei Kilometern, also genau die Strecke bis zur Schule, eingegeben. Summend setzte ich meinen Weg fort. Nach ein paar Metern warf ich einen Blick auf mein Handy, das ich noch immer in der Hand hielt. Der blaue Pfeil, der meinen Standort markierte, befand sich vollkommen allein auf der Karte.

»Na toll, wo sind denn die ganzen Zombies?«, fragte ich mich und blieb stehen. Fünf Sekunden vergingen, ehe ein einzelner roter Punkt auftauchte, der mindestens hundert Meter hinter mir war. Ich wartete noch einen Augenblick, aber es veränderte sich nichts.

»Ein Zombie ist besser als keiner«, seufzte ich und setzte mich wieder in Bewegung. Schnell fand ich das perfekte Tempo, um den Abstand zu dem Untoten zu halten.

Leicht verdiente 100 Punkte, die ich nachher in Fackeln investieren konnte. Diese brauchte ich nämlich dringend, wenn ich endlich den Schwierigkeitsgrad *Zombiefutter* verlassen wollte.

Ich war vielleicht dreihundert Meter gegangen, als ein Stöhnen aus den Kopfhörern ertönte. Ein sicheres Zeichen dafür, dass der Zombie aufgeholt hatte. So viel zu einem entspannten Sieg. Ich schaute aufs Handy, aber komischerweise war der rote Punkt nach wie vor weit von meinem

Standpunkt entfernt. Wahrscheinlich hatte ich mir das Geräusch nur eingebildet. Ich steckte das Smartphone in die Jackentasche und erhöhte mein Tempo minimal. Auf diese Weise würde mich der Verfolger niemals einholen.
Da, schon wieder. Diesmal klang das Stöhnen eher wie ein tiefes Brummen. Vielleicht waren meine Kopfhörer kaputt? Ich nahm einen Stöpsel aus dem Ohr und lauschte. Jetzt hörte ich es deutlicher, es kam also gar nicht aus dem Headset. Einerseits war das gut, denn mein Taschengeld war bis auf den letzten Cent aufgebraucht, sodass ich mir keine neuen hätte kaufen können. Andererseits war diese Mischung aus Knurren und Brummen äußerst beängstigend, zumal der Auslöser direkt hinter mir zu sein schien.
Noch während ich überlegte, wer oder was so ein Geräusch verursachen konnte, drehte ich mich um.
»What the Fuck …«, rief ich erschrocken und machte einen Satz zurück. Nur eine doppelte Armlänge von mir entfernt stand ein kleines Mädchen. Ihre blonden Haare hingen strähnig bis auf ihre Schultern herab und sie trug ein weißes Kleid, das übersät mit roten Flecken war. Doch es war ihr Gesicht, das mir das Blut in den Adern gefrieren ließ. Denn dort, wo ihr Mund hätte sein sollen, klaffte ein großes Loch und gab den Blick auf eine Reihe kleiner, schwarzer Zahnstummel frei. Der Rest von dem, was früher

einmal ihre Lippen gewesen waren, hing blutverschmiert nach unten. Mit ihren trüben Augen fixierte mich das Mädchen.

Erneut stieß sie dieses merkwürdige Geräusch aus und kam mit ungelenken Bewegungen einen Schritt auf mich zu. Dabei verströmte sie einen fauligen Geruch, der mich zum Würgen brachte.

Vor mir stand, ohne Scheiß, ein verdammter Zombie.

»Hi«, stammelte ich nervös und wartete gar nicht erst auf eine Antwort. Wie ein geölter Blitz drehte ich mich in die andere Richtung und raste los. Mit einer Geschwindigkeit, die ich mir selbst nie zugetraut hätte, flitzte ich die Straße entlang und blickte mich immer wieder gehetzt um. Das Mädchen folgte mir, und zwar schneller, als ich es je für möglich hielt.

Seit wann können Zombies denn so rennen?, schoss es mir durch den Kopf. Als ich erneut nach vorne sah, rammte ich meine Füße förmlich in den Straßenbelag und blieb, wild mit den Armen rudernd, stehen. An der Kreuzung vor mir stand ein weiterer Zombie.

Diesmal war es ein Mann in Polizeiuniform, was aber nicht weniger beängstigend als das blutige Mädchen war. Sein linker Arm hing seltsam verdreht neben dem Körper und sorgte dafür, dass die Kreatur schief stand.

Sein Gesicht war blutverschmiert und an der Stelle, an der sich seine Nase befinden sollte, war schlichtweg gar nichts. Noch hatte mich der Typ nicht gesehen. Ich drehte mich wieder in die Richtung, aus der ich gekommen war, wo das Mädchen, keine fünf Schritte von mir entfernt, lauerte. Just in diesem Moment ertönte ein schriller Laut, sodass mir angst und bange wurde.

Ich wirbelte um 180 Grad herum. In Zeitlupe drehte sich der Polizist in meine Richtung und erst jetzt begriff ich, dass ich es war, der so unmenschlich schrie.

Langsam streckte der Zombie seinen ›gesunden‹ Arm nach mir aus und setzte sich dann schlurfend in Bewegung. Gleichzeitig ertönte hinter mir wieder das mittlerweile allzu vertraute Knurren des Mädchens.

Ich saß in der Falle. Es war nur eine Frage der Zeit, bis mich einer der beiden Zombies erwischen würde.

Es sei denn …

Ohne weiter darüber nachzudenken, lief ich mitten auf die Straße, wo mittelmäßiger Verkehr herrschte. Ich hörte ein Auto hupen, das Kreischen einer Bremse.

Mit einem einzigen Satz war ich auf der anderen Seite der Fahrbahn und machte mir gar nicht erst die Mühe, mich bei dem Autofahrer zu entschuldigen, sondern verschwand um die nächste Ecke.

Ich war entkommen! Zumindest vorläufig. Auf keinen Fall durfte ich jetzt stehenbleiben. Obwohl es in meiner Lunge brannte wie Feuer, erhöhte ich das Tempo.

Nur noch bis zum Ende der Straße, dann hatte ich die Schule erreicht und konnte Hilfe holen. Vielleicht hatte der Autofahrer aber auch schon die Polizei gerufen. Beim Gedanken daran fragte ich mich, ob die Zombies mir noch folgten?

Ich riskierte einen Blick und stöhnte Sekunden später auf. Das Mädchen war mir immer noch auf den Fersen, während der Polizist ein Stück zurückgefallen war.

Mein Handy piepte.

Ich schaute wieder nach vorne, als ich etwas an meinem Schuh spürte. Bevor ich überhaupt nachsehen konnte, was es war, fühlte ich einen stechenden Schmerz im Fuß und sah, wie der Bürgersteig in rasanter Geschwindigkeit auf mich zu kam. Ich fiel der Länge nach hin. Mir blieb nicht einmal Zeit, es irgendwie zu verhindern. Ich kam nur noch dazu, beide Arme auszustrecken.

Ich merkte, wie sich kleine Kieselsteine in meine Handflächen bohrten und meine Knie über den rauen Boden schabten. »Autsch«, schrie ich und blieb eine Sekunde lang benommen auf dem Fußweg liegen.

Dann rappelte ich mich direkt wieder hoch und wischte die Steine von meinen blutigen Handflächen.

»Verdammt«, stöhnte ich und suchte nach dem Gegenstand, der mich zu Fall gebracht hatte.

Die hochstehende Kante einer Gehwegplatte war mir zum Verhängnis geworden. Erst jetzt spürte ich das Brennen auf meinen Handflächen und den dumpfen Schmerz an den Knien. Unter anderen Umständen hätte ich meine Hose hochgezogen und den Schaden begutachtet, aber dafür war im Moment keine Zeit. Ich hatte schon viel zu viel Zeit verschenkt, und wenn ich mich nicht beeilte, würde ich gleich einen leckeren Imbiss für einen Zombie abgeben. Und darauf konnte ich verzichten.

Ein scharfer Schmerz schoss durch meinen Fuß, als ich mich in Bewegung setzte. Zischend stieß ich die Luft aus und versuchte, beim nächsten Schritt den Fuß weniger zu belasten. Derart humpelnd kam ich jedoch nur sehr langsam voran.

So hatte ich keine Chance gegen meine Verfolger, wenn nicht bald …

»Hey, alles in Ordnung mit dir? Das sah echt filmreif aus«, vernahm ich eine vertraute Stimme dicht neben mir.

Laura!

»Komm«, rief ich, ohne anzuhalten, »wir müssen uns beeilen.«

»Beeilen?«, kam die Antwort unverzüglich und ich registrierte, dass sie neben mir herlief. »Was ist denn mit dir los? Der Unterricht fängt doch erst in einer Viertelstunde an.«

»Vergiss den Unterricht«, fuhr ich sie an. »Wir müssen uns schnellstens verbarrikadieren und die Polizei informieren. Nein, vielleicht noch besser, das Militär. Die wissen sicherlich, wie man gegen Zombies vorgeht.«

»Okay, welches Spiel spielen wir denn diesmal?« Lauras Stimme klang eher belustigt als panisch. Natürlich hielt sie das alles wieder nur für einen Spaß.

»Kannst du nicht einmal ernst sein?«, fuhr ich sie keuchend an. »Es gibt Zombies. Wirklich. Zumindest zwei. Und die verfolgen uns gerade.«

Ich hörte, wie sie leise seufzte. »Na schön, wo zum Teufel siehst du denn Zombies?«

»Na, hinter uns«, sagte ich und drehte mich, noch während ich sprach, um und deutete in die Richtung, aus der ich gekommen war.

Abrupt blieb ich stehen. Der Bürgersteig war vollkommen menschenleer.

Was?

Hektisch blickte ich mich um, konnte aber weder das Mädchen noch den Polizisten entdecken. »Dann, dann muss sie etwas abgelenkt haben. Sie waren eben noch da«, stammelte ich. »Das heißt, bevor ich hingefallen bin.«
»Also ich sehe nichts«, verkündete Laura.
»Wie auch immer, wir müssen diese Chance nutzen. Die sind nämlich richtig schnell. Du hättest das Mädchen sehen sollen.«
»Nick, da ist und war auch niemand!«
»Aber natürlich! Vor mir war der Polizist und hinter mir das Mädchen, also blieb mir nur, über die Straße abzuhauen und hierher zu laufen.«
Laura schüttelte den Kopf. »Ich bin gerade aus der Haustür gekommen, als du einfach losgerannt bist. Zum Glück hat der Autofahrer so schnell reagiert, sonst wärst du jetzt im Krankenhaus. Ich weiß echt nicht …«
»Dann musst du aber doch das Mädchen gesehen haben, dass mir gefolgt ist«, unterbrach ich sie.
»Ich meine, du bist gerannt, als wäre der Teufel höchstpersönlich hinter dir her, das stimmt schon, aber die einzige Person, die dich verfolgt hat, war ich. Und, ganz ehrlich, ohne deinen spektakulären Sturz hätte ich dich garantiert nicht eingeholt.«

»Aber ...«, murmelte ich und versuchte, eine logische Erklärung für den Vorfall zu finden. Ich konnte mir die Zombies doch unmöglich nur eingebildet haben. Allein das faulige Aroma, das das Mädchen verströmt hatte ...

Während ich meine wirren Gedanken zu sortieren versuchte, piepte mein Handy.

Vielleicht eine Eilmeldung wegen einer Zombieinvasion. Dann müsste mir Laura wenigstens glauben.

Ich holte es aus der Jacke und warf einen Blick aufs Display.

Congratulation!

Das Wort blinkte in roter Schrift auf und verkündete meinen Sieg.

Fassungslos starrte ich das Wort an. Hatte es nicht auch gepiept, als ich stürzte?

Konnte es sein, dass ...? Aber das würde ja bedeuten, dass ich gestern nicht geträumt hatte und alles real war.

Eine Nachricht erschien auf meinem Display. Sie kam von Freund667 und lautete: *Was so ein paar Zombies bewirken. So schnell warst du mit Sicherheit noch nie in der Schule. Ganz schön sportlich, bis auf den Sturz. Da müssen wir wohl noch üben.*

Binnen eines Wimpernschlags löschte ich die Nachricht. Und prompt ärgerte ich mich.

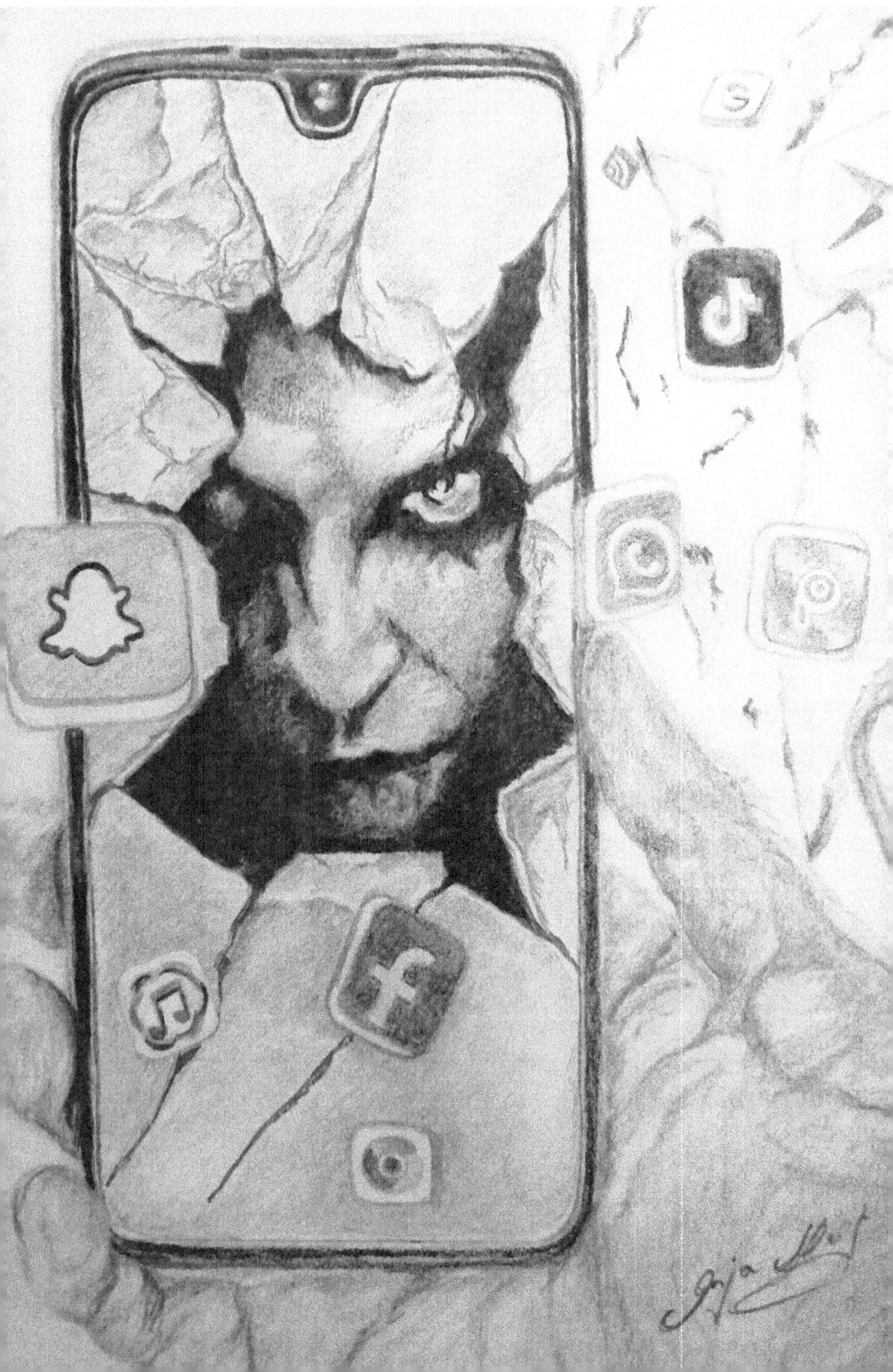

»Erde an Nick! Erde an Nick!« Lauras Stimme drang in meine Gedankengänge ein. Bevor ich antworten konnte, packte sie mich am rechten Oberarm und zog mich durch einen kleinen Torbogen. Hinter ein paar Müllcontainern blieb sie stehen.
»Nimmst du Drogen?«, fragte sie und sah mich dabei besorgt an. »Du bist nämlich echt komisch in letzter Zeit.«
»Was? Drogen? Niemals.« Entsetzt sah ich sie an. »Das glaubst du echt?«
»Na ja, was würdest du denn an meiner Stelle denken?« Sie trat verlegen von einem Bein aufs andere. »Du hockst lieber in deinem Zimmer und hängst die meiste Zeit an deinem Handy. Dann taucht ein merkwürdiges Video auf und gestern Abend hast du auch schon so eine komische Geschichte erzählt.«
Den Rest ihrer Worte blendete ich aus, denn mit ihren Anschuldigungen warf sie mich vollkommen aus der Bahn. Ich hatte also nicht geträumt. Wie war das nur möglich. Wie? Mein Gehirn arbeitete auf Hochtouren.
Und mit einem Mal ergab alles einen Sinn für mich.
»Natürlich!« Ich schlug mir mit der flachen Hand an die Stirn. »Jemand oder etwas muss mich verhext haben.«
Laura musterte mich ungläubig.

Anscheinend überlegte sie nach wie vor, ob ich nicht doch irgendwelche Drogen nehme.

»Denk doch mal nach«, versuchte ich, ihr auf die Sprünge zu helfen. »Mein Handy filmt mich ohne mein Zutun. Okay, das hätte in der Tat noch ein Hacker sein können. Aber das mit den Ohren? Wie könnte so etwas denn sein? Solche Dinge kann keine App. Das hast du selbst gesagt.«

»Ja, schon, aber …«

»Und heute Morgen war der Verlauf meines Handys komplett leer. Es war, als hätte ich dich gar nicht angerufen. Dazu kommt dieser echt merkwürdige Traum. Ich dachte, dass mit dem Hundegesicht wäre darin vorgekommen.«

Das mit der mysteriösen Nachricht von *Freund 667* erwähnte ich gar nicht. »Apropos Albtraum, in den vergangenen Tagen habe ich davon echt viele gehabt. Erst hat mich eine schwarze Hand gejagt und letzte Nacht hat mich Miss Christie an die Tafel geholt. Ich sollte rechnen. Aber als ich mich weigerte, fühlte es sich an, als hätte jemand die Kontrolle über meinen Körper übernommen. Verstehst du?«

»Ja, ich meine, nein. Ich verstehe absolut nichts von deinem Gequatsche. Dass du die Vertretungslehrerin nicht magst, wissen alle«, warf Laura mit einem Kichern ein.

Anscheinend war sie noch immer nicht von meinen Ausführungen und Überlegungen überzeugt. »Kannst du nicht einmal ernst bleiben? Das war echt merkwürdig. Und jetzt das. Da waren Zombies, glaub mir doch. Dieser eklige Gestank des Mädchens.« Ich schüttelte mich und beschrieb ihr bis ins kleinste Detail die beiden Zombies. »Du kannst mir nicht sagen, dass ich mir das alles so detailliert eingebildet habe!«

»Es ist schon komisch, da gebe ich dir recht. Aber die Träume sind doch irgendwie auch klar. Du hast sie, weil du in den letzten Tagen dank Miss Christie so viel Ärger in der Schule hattest.«

»Mag sein, das erklärt vielleicht diese Albträume. Aber der Rest? Außerdem sind da immer wieder diese komischen Nachrichten, die ich bekomme.«

In wenigen Worten brachte ich Laura auf den neusten Stand. »Dieses C. Das könnte doch für Miss Christie stehen, oder? Diese ganzen Dinge passieren schließlich erst, seit sie bei uns in der Schule ist.«

»Kann es nicht aber auch sein, dass seit dem Video deine Fantasie wieder mit dir durchgeht? Ich sage nur: Spinne.«

Ich stöhnte auf. Laura traf gerade nicht nur einen wunden Punkt bei mir, sondern brachte ebenso meine bisherige Theorie damit ins Wanken.

Vor drei Jahren hatte sie mir an Halloween eine kleine Spinne aus Lakritz in meine Brotdose gelegt. Ein harmloser Streich, denn eigentlich liebte ich Lakritz. Nur hatte ich gedacht, die Spinne sei echt. Ich lief damals schreiend aus der Kantine und erzählte allen, dass eine Schwarze Witwe in meiner Brotdose gewesen sei.

Daraufhin wurde die gesamte Cafeteria geräumt, bis die angerückte Feuerwehr die winzige Spinne fand. Das Ganze war nicht nur oberpeinlich für mich, sondern bestätigte, was für eine blühende Fantasie ich hatte.

»Das war doch was ganz anderes.«

»Sicher? Ich meine, morgen ist wieder Halloween. Wahrscheinlich hast du auf dem Schulweg eine von diesen Figuren gesehen, die als Deko überall herumhängen. Und das Mädchen, das dich angeblich verfolgt hat, hatte sich vielleicht zum Spaß verkleidet, um für morgen Abend zu proben. Bist du nicht auch schon mal zwei Tage vor Halloween als Zauberer in die Schule gekommen?«

»Und das mit meinem veränderten Gesicht? Und die Nachrichten?«, gab ich zu bedenken.

»Was weiß denn ich. Möglicherweise hat sich die App aufgehängt. Und die Nachricht … Keine Ahnung, sie sind doch nicht mehr da, oder? Entweder hast du sie gelöscht oder sie waren nie vorhanden. Vielleicht hast du das geträumt und bist schlafgewandelt. Würde mich bei dir nicht wundern."

Ich öffnete kurz den Mund, um etwas zu erwidern, schloss ihn aber wieder. Aus Lauras Mund klang es so einfach und logisch.

Sie spürte, wie sich meine Zweifel zerstreuten, und sagte: »Na, siehst du. Alles ist gut. Niemand wurde verhext. Es gibt keine Zombies, außer in deiner Fantasie.« Sie legte freundschaftlich einen Arm um meine Taille und lehnte sich an meine Schulter. »Na, wie sieht's aus? Bereit für den wahren Horror – die Schule?«

7

Hätte ich gewusst, wie richtig Laura mit ihren Worten lag, wäre ich umgekehrt und hätte mich zu Hause in meinem Bett verkrochen. Stattdessen durchlebte ich gerade ein Déjà-vu meines Traumes, nur dass ich diesmal nicht mit Miss Christie allein im Raum war. Direkt nach der Anwesenheitskontrolle hatte sie mich aufgerufen und jetzt stand ich vor der Tafel, während alle Augen auf mich gerichtet waren.

»55 mal 283!«, nannte mir Miss Christie die Aufgabe und sofort schmerzte mein Arm wie im Traum. Ich öffnete den Mund und starrte die Lehrerin nur an. Mal ehrlich, wie wahrscheinlich ist es, dass eine Lehrerin die *gleiche* Aufgabe auswählt, die ihr *Lieblingsschüler* geträumt hatte? An so einen Zufall glaubte ich nicht. Vor allem nicht nach dem, was ich die letzten Tage erlebt hatte. Was war, wenn sie doch eine Hexe war und mich aus irgendeinem Grund verflucht hatte?

»55 mal 283, sagte ich. Hast du Tomaten auf den Ohren, Nicholas Zacharias?« Damit hatte sie die Lacher der meisten Schüler auf ihrer Seite.

Sogar Laura lachte.

Na toll, dachte ich und presste meine Lippen zu einem Strich zusammen, bevor jemand bemerkte, dass ich keine

Tomaten auf den Ohren hatte, dafür aber einen Kopf, der verdammt nach einer solchen aussah. Ich drehte mich Richtung Tafel. »Äh, wie war die Aufgabe nochmal?«, hakte ich mit einem Zittern in der Stimme nach.

»55 mal 283«, wiederholte Miss Christie zum dritten Mal. Ich wartete eine Weile, aber diesmal schien keine fremde Kraft von mir Besitz zu ergreifen. Halbherzig begann ich im Kopf zu rechnen und war verdammt froh, dass der Traum so realistisch gewesen war, dass ich mir das Ergebnis sogar gemerkt hatte.

»Sehr gut. Ich wusste doch, dass du ein fleißiger Schüler bist.« Ich zuckte bei ihren Worten zusammen. Genau das hatte sie auch in meinem Traum gesagt. Jetzt glaubte ich erst recht nicht mehr an einen Zufall. Ich unterstrich das Ergebnis doppelt und stolperte mit zu Boden gesenktem Kopf zurück zu meinem Platz. Als ich saß und kurz aufblickte, starrte mich Miss Christie direkt an und zwinkerte.

* * *

»Ich schwöre dir: Miss Christie ist eine Hexe. Und sie hat es auf mich abgesehen«, versuchte ich Laura in der Pause zu überzeugen. Nach dem ersten Klingeln schnappte ich sie mir sofort und zog sie in eine stille Ecke hinter der Sporthalle, wo wir ungestört waren.

»Ich dachte, das Thema hatten wir heute Morgen schon.« Sie schielte in Richtung Kantine. »Sei mir bitte nicht böse, aber zuerst das Handy und jetzt kommst du mir mit unserer Vertretungslehrerin. So was wie Hexen gibt es doch gar nicht.« Laura seufzte. »Kann es sein, dass du in letzter Zeit wieder zu viele Horrorfilme angeschaut hast?«

»War ja klar, dass du *darauf* anspielst«, brauste ich auf. Vergangenes Jahr hatte ich mir ein paar alte Klassiker angesehen. Danach war ich überzeugt, dass unser neuer Nachbar ein Serienmörder war, nachdem er häufig Flecken auf seinem Shirt hatte, die wie Blut aussahen. Ein Mörder war er auf gewisse Art und Weise ja tatsächlich und ich gebe gerne zu, dass die Aale wirklich lecker waren, die er fing und in seinem Gartenhaus räucherte. »Das ist aber doch was ganz anderes, Laura!«

»Nick«, sagte sie und legte mir beide Hände auf die Schultern, »du bist mein bester Freund, aber ab und an hast du echt eine Meise.«

»Herzlichen Dank auch!« Beleidigt trat ich einen Schritt zurück und zog eine Schnute. Mir war selbst klar, wie verrückt das alles klang, aber Kimberlys Geschichte auf dem Jahrmarkt war doch genauso schräg. Und ihr war es wirklich passiert, warum sollte es bei mir also nicht der Fall sein?

Außerdem geschahen all diese Sachen erst, seitdem die Vertretungslehrerin an unserer Schule aufgetaucht war.
»Okay, ich werde es dir schon noch beweisen!«, brummte ich und ließ Laura einfach stehen.
Den restlichen Tag ignorierte ich sie und konzentrierte mich voll und ganz auf Miss Christie. Ich beobachtete sie nicht nur im Unterricht, sondern folgte ihr in den Pausen wie ein unsichtbarer Schatten über das gesamte Schulgelände. Zu meiner Enttäuschung verhielt sie sich aber völlig normal, redete mit anderen Lehrkräften, aß zu Mittag ein Käse-Ei-Sandwich und trank dazu Milch. Sie ging sogar auf die Toilette, was mir offenbarte, dass sie kein Alien, Vampir oder gar Zombie war. Aber es zeigte mir auch, dass nichts dagegensprach, dass sie eventuell eine Hexe war.
Irgendwann würde sie einen Fehler machen, davon war ich überzeugt. Selbst die größten Verbrecher schnappte man früher oder später. Ich musste nur warten, bis ich sie enttarnen könnte. Und wenn nicht in der Schule, dann vielleicht irgendwo außerhalb, dachte ich und beschloss in diesem Moment, Miss Christie auch nach der Schulzeit zu beschatten. Ich hoffte nur, dass sie nicht mit dem Auto zur Arbeit gekommen war, denn dann würde es nicht leicht sein, sie zu verfolgen. In dem Fall müsste ich mir etwas einfallen lassen.

Aufgeben war jedenfalls keine Option für mich. Nicht, solange mir unentwegt diese komischen Dinge passierten. Ich konnte es gar nicht abwarten, bis die Glocke das Ende des Schultags verkünden würde.

Doch während ich, als es so weit war, langsam meine Schulsachen einpackte, kamen mir erste Zweifel. Was wäre, wenn Miss Christie mich bei meinen Detektivspielereien erwischte? Dann würde ich so richtig in der Tinte sitzen.

Und wenn ich mit meinen Vermutungen falsch lag, bekam ich sicherlich bis zum Ende des Schuljahres Nachsitzen aufgebrummt. Was aber, wenn ich mich nicht irrte? Was würde sie dann erst mit mir anstellen? Vor allen Dingen wusste niemand von meinem Vorhaben, dass ich sie verfolgen wollte. Der letzte Gedanke sorgte dafür, dass sich meine Nackenhaare sträubten.

»Jetzt sei nicht so ein Weichei«, murmelte ich mir selbst zu und nahm meinen ersten Beobachtungsposten hinter einem breiten Stützpfeiler im Flur in der Nähe des Haupteingangs ein. Zehn Minuten vergingen, bevor Miss Christie endlich erschien. Ohne nach links oder rechts zu schauen, ging sie zielstrebig an mir vorbei und öffnete die große Eingangstür, die leise quietschte. Die Lehrerin machte einen Schritt nach draußen, blieb dann aber kurz stehen und sah in meine Richtung.

»Sorry, dass ich so lang gebraucht habe!« Ich fuhr zusammen und entdeckte Laura, die lächelnd neben mir stand.
»Äh, kein Thema«, stammelte ich und blickte wieder zur Tür. Von Miss Christie war nichts mehr zu sehen. Erleichtert lehnte ich mich an die Säule. »Musst du mich denn so erschrecken? Schon mal daran gedacht, dass Miss Christie mich dadurch hätte bemerken können?«, fauchte ich.
Laura schüttelte den Kopf. »Was meinst du denn, warum ich das so laut gesagt habe? Offensichtlicher hättest du dich gar nicht verstecken können. Die anderen aus der Klasse haben schon gefragt, ob du irgendeinen Streich aushecksst, oder gar in sie verliebt bist, weil du ihr wie ein Schoßhund folgst. Also sei lieber froh, dass ich dich gerettet habe. Jetzt denkt sie, dass du auf mich gewartet hast.«
Ich spürte, wie Hitze meine Brust nach oben kletterte und mein Gesicht innerhalb von einer Sekunde zu einer leuchtend roten Tomate werden ließ.
»Danke«, murmelte ich verlegen, aber Laura schien das gar nicht weiter zu interessieren, denn sie drehte sich von mir weg und schlenderte auf den Ausgang zu.
»Können wir jetzt endlich gehen oder willst du da Wurzeln schlagen?«, rief sie mir über die Schulter hinweg zu.
»Dann warte doch auf mich!« Als ich sie eingeholt hatte und wir gemeinsam nach draußen traten, war von Miss

Christie weit und breit nichts mehr zu sehen. »So ein Mist! Das ist deine Schuld, dass ich sie jetzt verloren habe«, fluchte ich wütend.

»Wenn du meinst! Ohne mich hättest du aber wohl eher lebenslanges Nachsitzen verpasst bekommen«, antwortete sie. »Wenn wir uns beeilen, holen wir sie vielleicht noch ein.«

Doch an der Hauptstraße angekommen, sank meine Hoffnung nahezu gen null. Von Miss Christie fehlte jegliche Spur.

»Was meinst du? Rechts oder links?«

»Du rechts und ich links? Und wer sie entdeckt, ruft den anderen an«, schlug ich vor. Eine bessere Lösung fiel mir gerade nicht ein.

Laura schüttelte den Kopf, hob entschuldigend beide Hände und kassierte dafür ein Stöhnen von mir. Ich wusste sofort, was sie meinte. War ja klar, dass sie mal wieder ihr Handy zu Hause vergessen hatte. An Tagen wie diesen fragte ich mich, warum sie sich überhaupt eins zum Geburtstag gewünscht hatte, wenn es sowieso ständig leer auf ihrem Schreibtisch lag.

»Ich bin für rechts. Oder hast du sie jemals bei uns auf der Ecke gesehen?«, schlug sie stattdessen vor.

Ich überlegte einen kurzen Moment und konnte mich nicht daran erinnern, sie irgendwann in unserer Gegend entdeckt zu haben.

»Okay, von mir aus, dann aber schnell!«

Wir rannten bis zur ersten Hausecke und, tatsächlich, als wir in die Querstraße blickten, konnten wir Miss Christie sehen. Laura hielt grinsend ihre Hand hoch und ich schlug ein.

Das war also geschafft, jetzt mussten wir nur aufpassen, dass sie uns nicht entdeckte. In großem Abstand folgten wir ihr und bewegten uns von Einfahrt zu Einfahrt vorwärts, versteckten uns hinter parkenden Autos oder Mülltonnen. Miss Christie änderte ständig die Richtung, als ahne sie, dass wir ihr folgten.

»Ich frage mich, wo sie hin will«, murmelte Laura und warf einen flüchtigen Blick auf ihre Armbanduhr. »Sie läuft jetzt schon seit 50 Minuten ziellos durch die Gegend. Wenn sie wirklich so weit von der Schule entfernt wohnt, warum fährt sie dann nicht mit dem Auto oder Fahrrad?«

Statt einer Antwort zog ich den Reißverschluss meiner Jacke bis ganz nach oben zu, da die Sonne bereits langsam unterging und es merklich kühler wurde. Erst jetzt fiel mir auf, wie still es um uns herum geworden war. Bis auf unseren eigenen Atem war nichts zu hören. Kein einziges

Auto fuhr die Straße entlang, keine Menschenseele brachte Müll nach draußen, nicht einmal ein Hund bellte.

Just in diesem Moment schalteten sich nach und nach die Straßenlaternen an. Mir gefiel die Stimmung plötzlich ganz und gar nicht. Nicht, nachdem ich die letzten Tage so merkwürdige Dinge erlebt hatte. Gerade wollte ich Laura vorschlagen, besser umzukehren, als diese mich fest am Arm packte.

»Ich glaube, wir sind da«, flüsterte sie und deutete mit der freien Hand auf die Straße.

Miss Christie befand sich nicht mehr vor uns auf dem Gehweg, sondern stand vor einem riesigen Tor.

Im schwindenden Licht konnte ich ein hohes schmiedeeisernes Portal ausmachen, neben dem links und rechts eine mindestens zwei Meter hohe Hecke wuchs und nach beiden Richtungen in der Dämmerung verschwand. Hier wohnte also unsere Vertretungslehrerin.

Laura und ich warteten eine Minute, bis Miss Christie durch das Tor getreten war. Erst dann schlichen wir zum Eingang.

»Hoffentlich hat sie keinen bösen Wachhund«, raunte ich meiner Freundin zu, die direkt vor mir lief.

Kaum hatte ich die Worte ausgesprochen, ertönte auch schon ein heiseres Bellen. Im selben Moment blieb Laura ohne Vorwarnung stehen, sodass ich auf sie prallte.
»Was ist denn?«, zischte ich.
Und dann sah ich es auch.

8

Ich wusste nicht, ob mir ein Wachhund nicht lieber gewesen wäre als der Ort, vor dem wir standen. Der Eingangsbereich, durch den Miss Christie verschwunden war, entpuppte sich aus der Nähe weitaus größer als von uns erwartet. Über dem Portal waren in einem Halbkreis Messingbuchstaben angebracht, die das Wort ZENTRALFRIEDHOF ergaben.

Ich schluckte.

Miss Christie war also vielleicht keine Hexe, sondern doch ein Geist. Oder hielten sich Hexen auch auf Friedhöfen auf? Wie auch immer. Ich hatte offensichtlich recht gehabt und Laura und ich konnten nach Hause gehen. Keine Sekunde länger wollte ich hierbleiben.

»Glaubst du mir jetzt?«, zischte ich und schlang meine Arme um den Oberkörper. »Lass uns abhauen!«

»Kommt gar nicht in Frage!« Laura schüttelte energisch den Kopf. »Ich weiß, was du denkst, aber sie ist mit Sicherheit kein Geist! Denn die gibt es noch weniger als Hexen. Oder willst du behaupten, dass meine Oma auch eine Hexe oder ein Gespenst ist, nur weil sie jeden Sonntag auf den Friedhof geht.«

»Ja, äh, nein, natürlich nicht«, stammelte ich, »aber geht deine Oma auch im Dunkeln hierher?«

Das war doch nicht normal. Warum konnte Laura mir nicht einfach glauben.

»Es gibt Leute, die arbeiten, und die können nun mal nicht immer tagsüber«, konterte sie. »Los, wir schauen jetzt nach, was sie da tut. Sonst gibst du ja nie Ruhe.«

Ich schluckte erneut. Im Dunkeln auf einen Friedhof zu gehen, gehörte nicht zu den Top 5 meiner Freizeitbeschäftigungen. Ehrlich gesagt, nicht einmal zu den Top 1000. Aber Laura hatte recht.

Erst wenn sie irgendetwas Außergewöhnliches mit eigenen Augen gesehen hätte, würde sie mir glauben. Bevor ich es mir nochmal anders überlegen konnte, öffnete ich sachte das Eisentor. Nacheinander schlüpften wir hindurch und mit einem leisen, dumpfen Klicken fiel es zurück ins Schloss.

Es fühlte sich an, als hätten wir eine andere Welt betreten. Es war stiller und beängstigender als in der Realität. Der steinerne Engel, der gegenüber dem Tor stand, schien uns zu beobachten und sofort breitete sich Gänsehaut auf meinen Armen aus, obwohl ich eine Jacke anhatte.

Als handle es sich um eine Warnung der Toten, erfasste just in diesem Moment eine Windbö das Laub, das auf dem Weg lag, und ließ es hektisch um den Engel als auch die Grabsteine tanzen.

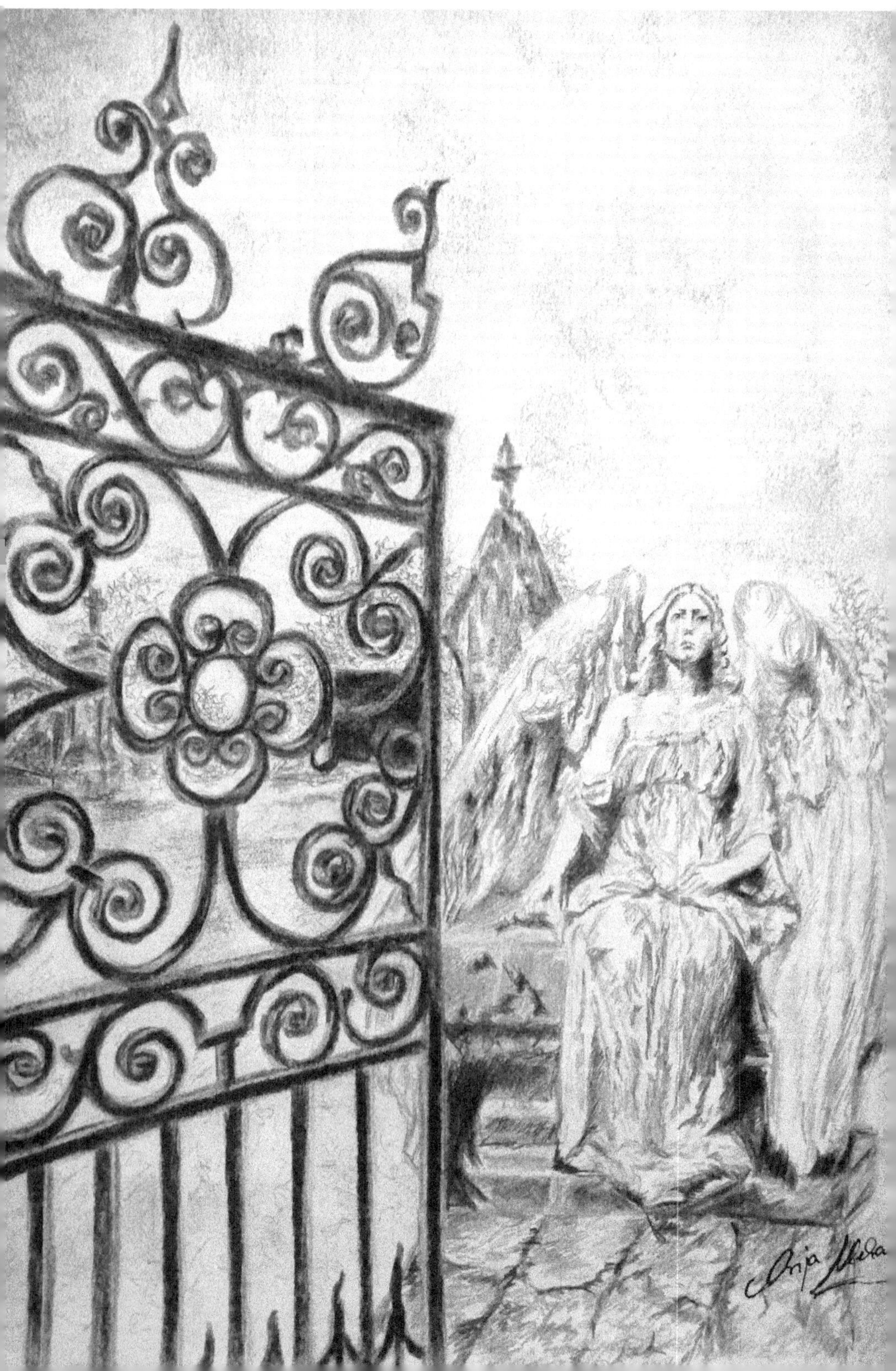

Ich zitterte am ganzen Körper und Laura schien es nicht anders zu ergehen, denn sie hakte sich hilfesuchend bei mir unter.

»Da vorne«, hauchte sie mit brüchiger Stimme und deutete nach links.

Ich folgte ihrem Blick und sah Miss Christie, oder besser gesagt ihre Silhouette, wie sie zielstrebig durch die Reihen der Gräber ging. Der Gedanke, ihr zu folgen, jagte mir einen erneuten Schauer über den Rücken, doch ein Rückzieher kam für mich zu diesem Zeitpunkt nicht mehr in Frage. Nicht, wenn ich Laura beweisen wollte, dass ich mir das alles nicht nur einbildete.

Im Schatten der Bäume und Gedenksteine huschten wir geduckt von einer Gräberreihe zur nächsten und folgten Miss Christie in sicherem Abstand.

Wir waren noch nicht besonders weit gekommen, als ich den dichten Nebel bemerkte, der wie aus dem Nichts erschienen war und auf uns zukroch. Innerhalb weniger Sekunden hatte er uns erreicht und verschlang uns bis zum Bauch. Und mit jedem Zentimeter, den er weiter stieg, wuchs dementsprechend auch die aufkommende Panik in meiner Brust. Schon jetzt konnte ich Miss Christie kaum noch sehen. Es war also nur eine Frage der Zeit, bis wir sie in diesem dichten Nebel aus den Augen verlieren würden.

»Warte«, zischte Laura und holte mich aus meiner Gedankenwelt in die Wirklichkeit zurück.
»Sie ist stehengeblieben. Kannst du sehen, was sie macht?«
Ich kniff die Augen zusammen, konnte aber beim besten Willen nichts mehr erkennen. »Nicht aus der Entfernung.« Es hatte keinen Zweck. Ich musste dichter ran. »Du bleibst hier«, raunte ich Laura zu. »Wenn ich in zehn Minuten nicht zurück bin, holst du Hilfe, okay?«
»Was? Jetzt hör aber auf!«
Ein durchdringendes Quietschen ertönte und verhinderte, dass wir uns weiter stritten. Wir blickten in Miss Christies Richtung, aber sie hatte sich anscheinend irgendwie in Luft aufgelöst.
»Shit! Was ist, wenn sie uns gehört hat und …«
»Hör auf, dir in die Hose zu machen«, fauchte Laura und preschte ohne Vorwarnung los. Ich stieß leise einen wütenden Laut aus, folgte ihr aber auf der Stelle. Meine Beine fühlten sich wie Wackelpudding an. Wenn wir nicht aufpassten, liefen wir womöglich direkt in Miss Christie hinein, weil wir sie vielleicht in diesem dichten Nebel schlichtweg nicht sehen konnten und sie gar nicht verschwunden war. Ich verdrängte diesen unangenehmen Gedanken und konzentrierte mich stattdessen auf die Umgebungsgeräusche.

Zuerst war es nur ein vages Gefühl, doch nach ein paar Metern wurde es immer greif- beziehungsweise hörbarer. Eine leise Melodie, untermalt von gedämpftem Kinderlachen, schwebte über dem Friedhofsgelände.

»Hörst du das?«, rief ich Laura zu. Sie blieb stehen und nickte nach ein paar Momenten. Auf ihrem Gesicht lag ein ängstlicher Ausdruck.

»Was meinst du, ist das?«

»Keine Ahnung. Auf jeden Fall hört es sich echt gruselig an.«

Ich drehte mich langsam im Kreis und versuchte herauszubekommen, woher das Geräusch kam. Eindeutig aus der Richtung, in der wir Miss Christie vermuteten. Und jetzt, wo ich genauer hinsah, sah ich einen hellen Schimmer an der Stelle, wo die Vertretungslehrerin bis vor kurzem noch stand.

Am liebsten wäre ich davongelaufen, aber irgendwie zog mich dieses Licht magisch an. Ich musste einfach wissen, was da vor sich ging und Miss Christie überführen. Meine Beine fühlten sich schwer wie Blei an und jeder Schritt kostete mich enorme Überwindung. Nach ein paar Metern hörte ich hinter mir Kies knirschen und schloss daraus, dass Laura mir folgte. Plötzlich kicherte sie, griff nach meiner Hand und hielt mich zurück.

»Oh Mann, wir sind solche Idioten«, teilte sie mir mit. »Ich glaube, ich weiß, wo wir sind.«

Mehr sagte sie nicht, aber schon ein paar Sekunden später wusste ich, was sie meinte. Wir standen vor einem riesigen Gitter, durch das wir auf der anderen Seite im Nebel die Lichter vom Jahrmarkt erkennen konnten.

Natürlich.

Die Geräusche, die Musik. Darauf hätte ich auch selbst kommen können. Die Promenade, wo der Jahrmarkt immer stattfand, führte schließlich direkt am Friedhof vorbei.

»Dort. Das muss sie sein«, rief Laura und deutete auf eine Gestalt, die gerade den Platz betrat, auf dem die Wohnwagen der Schausteller standen.

Ich nickte und öffnete vorsichtig das Tor, das ohne ein einziges Geräusch aufschwang. Auf der Straße war der Nebel nicht mehr so dicht wie auf dem Friedhof. Die Musik, die Schreie und das Lachen klangen auch bei weitem nicht mehr so geisterhaft.

Ehe ich weiter darüber nachdenken konnte, zupfte mich Laura am Ärmel und signalisierte mir mit einem Winken, dass ich ihr folgen sollte. Wir liefen in Richtung des parkenden Autos, wo Laura vorhin glaubte, Miss Christie gesehen zu haben.

Dort angekommenen, sahen wir tatsächlich noch kurz meine Lehrerin, wie sie zwischen zwei Wohnwagen verschwand.

Wir rannten zu der Stelle, und als wir um die Ecke des Hängers lugten, beobachteten wir, wie sie eine morsch aussehende Treppe, die zu einem verbeulten und rostigen Wohnwagen gehörte, hochstieg. Oben klopfte sie energisch an die Tür. Durch ihr Hämmern wackelte das verwitterte Schild, das dort angebracht war, im Licht der Fackeln, die links und rechts neben dem Eingang hingen.

Es vergingen fünfzehn, vielleicht auch zwanzig Sekunden, dann öffnete eine junge Frau mit langen, blonden Haaren die Tür. Sie umarmte Miss Christie und im nächsten Moment verschwanden beide im Inneren des Caravans.

»Komm«, raunte Laura. »Lass uns verschwinden.«

Ich reagierte nicht auf ihre Worte, richtete mich auf und ging ungläubig ein paar Schritte auf den Wohnwagen zu.

»Ich hatte also recht. Und du … du hast mir nicht geglaubt«, stammelte ich mit zitternder Stimme.

»Wovon sprichst du, verdammt?«

»Das ist der Wohnwagen.« Ich schluckte hart. »Kimberlys Wohnwagen.« Gleichzeitig deutete ich auf das Schild, auf dem in schwarzen, verwitterten Buchstaben *Die unverkennbare Calypso* stand.

»Da hast du deinen Beweis«, murmelte ich mehr zu mir selbst als zu Laura. »Sie geht zu einer Wahrsagerin. Also ist Miss Christie doch eine Hexe.«
»Das kann jetzt aber auch Zufall sein. Vielleicht will sie nur wissen, ob du morgen wieder ohne Hausaufgaben in die Schule kommst«, witzelte Laura herum.
»Ich bitte dich. Das glaubst du doch selbst nicht!«

Laura stöhnte auf. »Mir egal, was du denkst. Ich hab' keine Lust, dass sie gleich rauskommt und uns sieht. Also komm jetzt!«

Wie immer hatte Laura wahrscheinlich recht, aber ich konnte den Blick einfach nicht von diesem Wohnwagen lassen, bis ich davorstand.

Die schwarzen Gardinen an den Fenstern waren zugezogen, sodass ein Blick ins Innere unmöglich war. Was da drin wohl vor sich ging?

Unvermittelt bewegte sich der Vorhang und wurde mit einem einzigen Ruck zur Seite gezogen. Das Gesicht meiner Lehrerin erschien im Fenster und ihr Blick durchbohrte mich. Das hilflose Gefühl, das ich bereits aus meinem Traum kannte, erfasste mich augenblicklich. Und ehe ich auch nur einen klaren Gedanken fassen konnte, bewegten sich langsam ihre Lippen.

Als sie damit aufhörte, grinste sie mich höhnisch an und in derselben Sekunde piepte mein Handy.

Selbst wenn ich vorher noch den leisesten Hauch eines Zufalls für möglich gehalten hatte, so wusste ich es jetzt mit jeder Faser meines Körpers, dass Miss Christie eine Hexe war.

Die Lähmung fiel von mir ab und ich drehte mich zu meiner Freundin um. »Wir müssen hier weg!«, schrie ich und wartete gar nicht erst auf eine Reaktion meiner Freundin. Mit großen Schritten rannte ich los, weil ich wusste, dass Laura mich sowieso innerhalb weniger Sekunden einbeziehungsweise überholen würde.

Wie aus dem Nichts tauchte vor mir ein Auto mit Anhänger auf, der mir den Weg versperrte. Waren wir eben daran vorbeigekommen? Kamen wir von rechts oder links? Ich wusste es nicht mehr. Mein Kopf fühlte sich von einem Moment auf den anderen wie leergefegt an.

Spontan rannte ich nach rechts, nur um direkt wieder anzuhalten. Ein weiteres Fahrzeug versperrte mir den Weg. Ich lief in die andere Richtung, vorbei an Wohnwagen, Autos und parkenden Anhängern. Die nächste Lücke zwischen zwei parkenden Wagen nutzend, versuchte ich, dorthin zu laufen, wo ich die Hauptstraße vermutete. Nachdem ich aber noch ein paar Mal abgebogen war, landete ich wieder in einer Sackgasse.

Laut keuchend blieb ich stehen und versuchte mich zu orientieren. Nichts, aber auch gar nichts, was ich sah, kam mir in irgendeiner Weise bekannt vor. Wie konnte ich mich nur auf so einem läppischen Parkplatz verlaufen? Das war doch nicht normal. »Das ist ja wie in einem Labyrinth«, brabbelte ich leise vor mich hin, bevor ich eine winzige Spur lauter »Laura?« sagte.

Um mich herum blieb es still. Jetzt ärgerte ich mich, dass ich einfach so kopflos weggestürmt war. Hätte ich auf Laura gewartet, hätte ich mich auf keinen Fall verirrt. Und falls doch, wäre ich mit meiner Panik zumindest nicht allein gewesen. Ich atmete bewusst einmal tief ein und aus. Aber es half nichts.

Alles in mir war in absoluter Alarmbereitschaft. Auf keinen Fall durfte ich hier länger herumstehen, denn eine Sackgasse glich einer Falle, sofern Miss Christie uns gefolgt war. Mein Herz donnerte in meiner Brust, als ich zurückschlich und mit angehaltenem Atem um die Ecke linste. Miss Christie war nicht zu sehen, dafür bemerkte ich aber etwas anders.

Mein Blick war am Nummernschild eines Autos hängengeblieben und sofort fühlte sich meine Brust an, als läge ein Felsbrocken darauf. Ich versuchte vergebens zu schlucken, und suchte panisch nach einem weiteren Nummernschild. Nach einem dritten und vierten.

Doch auf jedem Schild, das ich zu sehen bekam, standen nicht die üblichen Buchstaben oder Zahlen, sondern mit Kreide geschriebene Matheaufgaben. Aufgaben, die ich nur allzu gut aus meinem Traum kannte. In diesem Moment ertönte ein leises Kichern in meiner unmittelbaren Nähe.

Miss Christie!

Völlig konfus flitzte ich los und stand schon nach ein paar Metern wieder am Ende der Sackgasse.

Das Kichern schwoll an und schien inzwischen von überallher zu kommen. Ich konnte es trotz des lauten Dröhnens, das mein eigenes Blut verursachte, hören. Panisch drehte ich mich um 180 Grad und rannte zurück. Rechts an der Ecke, dann links – schon jetzt wusste ich nicht mehr, welchen Weg ich genommen hatte und woher ich gekommen war. Alles sah so gleich aus.

Meine Lunge brannte, meine Seite schmerzte, aber ich durfte nicht stehenbleiben. Das war keine Option. Nach Luft schnappend raste ich durch ein Gewirr von Gängen, das von parkenden Autos gebildet wurde. Schweiß lief mir von der Stirn und brannte in meinen Augen. Ich wischte ihn beiläufig weg, während ich weiterlief.

»Wenn ich hier rauskomme … ich schwöre bei allem, was mir lieb ist … mach ich mehr Sport.« Ich ärgerte mich über meine mangelnde Kondition. Daran war nur dieses dämliche Handy schuld. Bevor meine Mutter es mir schenkte, war ich jeden Tag mit Laura draußen und mit Sicherheit nicht *so* unsportlich wie jetzt gewesen.

Wieder rannte ich um eine Ecke und landete erneut in einer Sackgasse. Ich sollte umdrehen und weiterlaufen, aber inzwischen war ich am Ende meiner Kräfte angelangt. Ich wusste nicht mehr, wie lange ich schon hier herumrannte oder wo ich überhaupt war. Keuchend stützte ich mich auf meinen Oberschenkeln ab und lauschte, so gut es mir möglich war, nach verräterischen Geräuschen. Kam das Kichern wieder näher?

Mittlerweile war es mir genau genommen egal. Sollte mich doch Miss Christie erwischen, dann hatte dieser Albtraum wenigstens ein Ende.

Das unheimliche Kichern, das mich die ganze Zeit begleitete, hörte abrupt auf, als hätte jemand meine Gedanken gelesen. Stattdessen vernahm ich ein Flüstern, das mir Angst einjagte. »Nicholas ... mein Lieblingsschüler ... Woooo bist du?«

Der Singsang von Miss Christies Stimme ließ mir erneut das Blut in den Adern gefrieren. Mit einem Mal war es mir doch nicht mehr egal, ob sie mich erwischte. Verzweifelt sah ich mich um.

Wenn es mir gelingt ... Ich muss nur leise sein, schoss es mir durch den Kopf. Ich hatte die Lösung noch nicht richtig zu Ende gedacht, da stand ich auch schon vor einer Autotür und versuchte, sie zu öffnen. Ich rüttelte energisch, aber sie war abgeschlossen. Beim nächsten Auto hatte ich genauso wenig Glück. Ich stöhnte gequält auf und hielt mitten in der Bewegung inne. Angestrengt lauschte ich und hörte wieder das Flüstern. Es kam näher. Wenn ich nicht bald ein Auto fand, in das ich mich verkriechen konnte, würde sie mich entdecken.

Verzweifelt rüttelte ich an der nächsten Autotür und sprang ein Fahrzeug weiter, als ich aus den Augenwinkeln heraus eine Bewegung registrierte.

Sofort hielt ich inne. Ja, da, schon wieder. Die Ecke einer Plane, die über einem Autoanhänger lag, bewegte sich. Ohne noch länger zu warten, rannte ich auf den Anhänger zu, riss das Verdeck zur Seite und schlüpfte ins Innere. Bis ganz nach hinten kroch ich. Hier war es stockfinster, sodass ich nicht einmal die Hand vor Augen sehen konnte.

Hier drinnen kann sie mich nicht finden!, beruhigte ich mich selbst. Doch die Panik in meiner Brust ließ sich nicht so einfach abschalten. Vergiss nicht, sie ist eine Hexe, sagte diese Furcht immer wieder.

Ich hielt die Luft an und lauschte in der Dunkelheit, aber außer meinem eigenen Herzschlag hörte ich nichts.

Mein Handy piepte.

Laura, die mich sucht, schoss es mir durch den Kopf. Sie hat vielleicht schon Hilfe geholt. Erleichtert atmete ich aus und bereute es in derselben Sekunde.

»Nick?« Die Stimme war dicht an meinem Ohr. Im nächsten Moment wurde es um mich herum gleißend hell und wieder einmal spürte ich, wie Panik mit ihren eisigen Fingern von mir Besitz ergriff. Ich erstarrte. Wollte flüchten. Aber wohin? Ich saß in der Falle. Ich schloss die Augen und betete, dass es schnell gehen möge, was auch immer Miss Christie mit mir vorhatte. Diese Rechnung schien ich allerdings ohne meinen Überlebensinstinkt gemacht zu haben, denn urplötzlich gehorchten mir meine Beine wieder und ich preschte wild schreiend vom Anhänger.

»Was zur Hölle, Nick!«

Direkt vor mir tauchte aber nicht Miss Christies Gesicht auf, sondern Lauras. Ich versuchte noch, meinen Schwung abzubremsen, aber es war zu spät. Ich erwischte meine Freundin am Oberarm und warf sie von den Beinen.

»Au«, zischte sie wütend und rieb sich die Schulter, während sie sich aufrappelte. »Sag mal, was soll der Scheiß? Erst erschreckst du mich zu Tode und dann rennst du mich über den Haufen.«

»Ich … da war … die Wohnwagen«, stammelte ich und sah mich verwirrt um. Wir befanden uns direkt an der Straße. Auf dem Platz, der hinter uns lag, parkten lediglich ein paar Caravans. Das Labyrinth war verschwunden.

»Ist mir auch egal«, unterbrach sie mich. »Den ganzen Nachmittag renne ich mit dir durch die Gegend, weil du so eine fixe Idee hast. Und dann lässt du mich da einfach stehen? Sorry, aber das war echt unter der Gürtellinie.« Sie funkelte mich wütend an.

»Ich … aber Miss Christie …«, begann ich und berichtete ihr die Kurzfassung meiner Flucht.

»Ganz ehrlich, Nick? Du spinnst. Hättest du gewartet und wärst nicht wie ein feiges Huhn abgehauen, wüsstest du, dass Miss Christie ihre Schwester besucht hat.« Sie warf den Kopf in den Nacken und stapfte los. »Dich verfolgt … Geh mal zum Psychiater!«

»Aber …«

»Nick, ich will nichts mehr davon hören. Du bist einfach nur irre.«

Schweigend begleitete ich Laura zurück bis zu ihrer Haustür. Den ganzen Weg hatte ich gegrübelt und war zu einem Schluss gekommen, der mir eigentlich gar nicht gefiel.

Nachdem Laura sich von mir verabschiedet hatte und ins Haus gegangen war, holte ich mein Handy heraus.

Meine Befürchtungen bestätigten sich. Die App *Maze-Runner* war geöffnet und das Wort *Finish* blinkte. Ich beendete fröstelnd die Anwendung, zog mir die Kapuze meiner Jacke über den Kopf und rannte nach Hause.

* * *

Die nächste Stunde durchsuchte ich das World Wide Web nach Miss Christie und Calypso. Es gab keinen einzigen brauchbaren Hinweis, abgesehen von Kimberlys Geschichte, die sich in manchen sozialen Netzwerken noch immer standhaft hielt. Nicht einmal bei Google fand ich etwas.
Beim Abendessen grübelte ich weiter vor mich hin. Irgendetwas musste ich übersehen haben. Wie sonst sollte ich nach dem heutigen Tag Laura noch überzeugen können? Sie war stinksauer auf mich.
»Schmeckt es dir nicht?«, fragte meine Mutter mitten in meine wirren Gedanken hinein.
Ich blickte gedankenlos auf meinen Teller und steckte mir das Hackbällchen, das ich, auf der Gabel aufgespießt, hin und her geschoben hatte, in den Mund. »Du weißt doch, dass das mein absolutes Lieblingsessen ist.«
»Und warum stocherst du dann seit gefühlt einer halben Stunde in den Nudeln herum?« Sie machte eine Pause und fügte dann hinzu: »Hast du eine schlechte Note bekommen?«
War klar, dass sie sofort an so etwas dachte. »Nein, nein, keine Arbeit in den letzten Tagen geschrieben oder wiederbekommen.«
»Und was bedrückt dich dann?«
Ich zuckte mit den Schultern.

»Hast du dich mit Laura gestritten?«

Ich seufzte. Wenn ich jetzt verneinte, würde sie sofort wissen, dass ich log. Meine Mutter hatte ein Talent, dass sie mir an der Nasenspitze ansehen konnte, wenn ich flunkerte.

»Jein«, sagte ich deswegen ausweichend.

»Also gestritten. Aber dich bedrückt doch noch was anderes.«

Ich nickte und überlegte kurz, was ich ihr erzählen könnte, ohne dass sie mich direkt für verrückt hielt.

»Ich hab' einfach das Gefühl, dass mit Miss Christie etwas nicht stimmt. Sie verfolgt mich sogar in meinen Träumen«, sagte ich schließlich.

»Kann es sein, dass du sie nicht magst, weil sie nicht alles durchgehen lässt wie Mrs. Jenkins?«

Typisch meine Mutter. Ich stöhnte, um ihr damit zu zeigen, was ich von ihrer Meinung hielt.

»Ich finde sie nämlich sehr nett. Sie sieht zwar etwas seltsam aus, da gebe ich dir recht, aber auf mich hat sie einen kompetenten Eindruck gemacht.«

Ungläubig riss ich meine Augen auf und legte die Stirn in Falten.

»Guck nicht so argwöhnisch. Dir sollte doch wohl klar sein, dass ich bei deinem Verhalten mit deiner Lehrerin Rück-

sprache gehalten habe. Wir unterhielten uns über den Vorfall mit diesem Video, aber auch über deine schulischen Leistungen und deinen Handykonsum. Sie hat sehr verständnisvoll reagiert.« Meine Mutter atmete hörbar aus und griff über den Tisch nach meiner Hand. »Sie hat mir sogar angeboten, mir bei diesem *Handyproblem* zu helfen. Vielleicht ist sie aus diesem Grund strenger zu dir und macht dir dadurch Angst.«
Helfen?
Geschahen deswegen diese merkwürdigen Dinge? Mir wurde plötzlich speiübel und ich schob meinen Teller von mir weg.
»Jetzt sei doch nicht gleich eingeschnappt. Sie ist nett. Und ich denke, wenn du ihr eine Chance gibst und dich nicht die ganze Zeit so danebenbenimmst, hättest du auch keine Albträume mehr.«
Du hattest schon immer eine blühende Fantasie!, sprach ich in Gedanken mit und schüttelte den Kopf. Weiter wollte ich mir das aber jetzt nicht geben und schob geräuschvoll meinen Stuhl nach hinten.
»Tut mir leid, Mama, aber ich muss noch dringend Hausaufgaben machen!«

9

»Nicholas.«

Die Stimme, die meinen Namen rief, war so unglaublich lieblich, dass ich lächeln musste.

»Nicholas.«

Ich öffnete die Augen und war schlagartig wach. Um mich herum war es stockfinster. Nicht einmal die Hand, die ich prüfend vor meinem Gesicht hin und her bewegte, sah ich. Die Luft, die ich einatmete, roch muffig.

Irgendwie abgestanden.

Wieder rief die Stimme meinen Namen. Und noch immer war ihr Klang lieblich, aber so dumpf, als wäre ihr Besitzer weit von mir entfernt.

Verdammt, wo war ich?

Ich versuchte, mich aufzurichten, aber stieß mit dem Kopf gegen etwas Hartes über mir. »Autsch«, rief ich und ließ mich zurück ins weiche Kissen fallen. Das würde mit Sicherheit eine dicke Beule geben, denn als ich die Stelle berührte, war sie schon leicht angeschwollen. Ich rieb vorsichtig darüber und suchte mit der anderen Hand nach dem Hindernis, an dem ich mich gestoßen hatte. Ich hatte den Arm noch nicht einmal ganz ausgestreckt, da berührte ich schon etwas. Hart, kühl. Und ich konnte es nicht zur Seite schieben oder nach oben drücken.

Erst vorsichtig, dann immer hektischer, erkundete ich den Widerstand. Dieses Hindernis war überall. Über mir, neben mir. Ja, sogar hinter meinem Kopf.

Und während ich noch versuchte, mir darauf einen Reim zu machen, rief wieder diese Stimme meinen Namen.

»Nicholas.«

Diesmal näher und deutlicher zu verstehen.

Ich schluckte, als mir bewusst wurde, dass sie meiner Lehrerin gehörte. Jetzt kicherte sie leise und was ich dann hörte, peitschte meinen Herzschlag in ungeahnte Höhen.

»A – B - C - D - E – F – G
Ab jetzt tu ich dir wirklich weh.
H und I und J und K
Spürst du's schon, ich bin ganz nah?
L – M – N – O - P und Q
Ich verhex dich gleich im Nu.
R – S – T und U - V – W
Dann sag schon mal der Welt ade.
X und Y und auch das Z
Was für ein Spaß, jetzt wird's endlich richtig nett.«

Mit dem letzten Wort wurde es urplötzlich hell über meinem Kopf. Nach der Dunkelheit kam es mir wahr-

scheinlich viel greller vor, als es eigentlich war, und blendete mich. Dabei war es nur das fahle Licht des Vollmonds, wie ich nach mehrmaligem Blinzeln erkannte.
Nachdem sich meine Augen an die schwache Beleuchtung gewöhnt hatten, entdeckte ich, dass ich in einem rund zwei Meter tiefen Erdloch lag. Weit über mir sah ich die Umrisse von Miss Christie und, obwohl ihr Gesicht im Schatten lag, nahm ich ihr hämisches Grinsen wahr. Fünf Sekunden vergingen, dann verfiel sie in ein hysterisches Lachen.
Ich verlor die Nerven und wollte nur noch weg von hier. Weg aus diesem Albtraum. In meiner Angst setzte ich mich auf und rutschte rückwärts von Miss Christie weg.
Doch weit kam ich nicht, denn schon nach drei wegrückenden Bewegungen stieß ich gegen die Wand und keuchte erschrocken auf.
Von meiner neuen Perspektive aus erkannte ich direkt neben Miss Christie einen Stein. Das Mondlicht fiel genau auf die Inschrift, sodass ich sie lesen konnte:

Nicholas Zacharias
21.08.2006
31.10.2020
Sein Handy war ihm stets sein bester Freund.
25 x 283 = 7075

Fassungslos starrte ich auf meinen eigenen Grabstein. Und je öfter ich die frisch eingravierten Zeilen las, umso enger wurde es in meiner Kehle. Ich konnte nicht mehr schlucken und das Atmen fiel mir immer schwerer. Es fühlte sich an, als hätte sich eine eiserne Faust um meinen Hals gelegt und drückte unbarmherzig zu.

Ich versuchte, mich aufzurappeln, aber vor meinen Augen begann sich alles zu drehen. Hilflos sackte ich zur Seite, und noch während ich fiel, bemerkte ich einen Gegenstand in Miss Christies Hand, der mir nur allzu bekannt vorkam. Mein Handy.

»Du wirst immer mein Lieblingsschüler sein. Für immer und ewig!« Ihre Worte wurden leise, entfernten sich von mir, als würde ich in einen Höllenschlund geschleudert. Ich sah, wie Miss Christie das Handy in meine Richtung warf, aber der Gegenstand verschwamm vor meinen Augen. Gleichzeitig verschwand der Druck von meiner Brust und ich fühlte mich von einer Sekunde auf die andere frei und leicht.

Es dauerte eine Weile, bis ich erkannte, dass ich anscheinend bloß geträumt hatte. Oder? Moment mal, war ich wirklich gerade aufgewacht? Wann war ich eingeschlafen? Mit einem Ruck setzte ich mich auf und öffnete die Augen.

Es war dunkel um mich herum, aber ich befand mich eindeutig in meinem Zimmer. Erleichtert ließ ich mich auf die weiche Matratze zurücksinken.

Der äußerst real wirkende Traum saß mir noch immer tief in den Knochen. Was hatte das alles nur zu bedeuten? Ich versuchte, mich an die Details zu erinnern, aber je mehr ich mich anstrengte, umso undeutlicher wurden die Bilder aus dem Traum. Irgendwann gab ich schließlich auf.

Inzwischen brannten meine Augen vor Müdigkeit, aber trotzdem war an Schlaf nicht zu denken. Genervt setzte ich mich auf die Bettkante und warf einen Blick auf mein Handy. 0:54 Uhr.

Mit einem Seufzen warf ich meinen Kopf in den Nacken und starrte zur Decke hoch. Morgen würde ich vollkommen erledigt sein, wenn ich jetzt nicht noch wenigstens etwas Schlaf bekam. Ich legte mich wieder bequem hin.

Aber wollte ich das wirklich? Nach diesem schrecklichen Traum war ich mir nicht mehr sicher. Irgendwann siegte aber die Müdigkeit und ich glitt in einen wohltuenden, traumlosen Schlummer, der erst durch den Weckruf meines Handys beendet wurde.

»Na, gut geschlafen?« Meine Mutter erwartete mich in der Küche mit frischen Pfannkuchen.

Ich nickte verschlafen und schnappte mir die Marmelade, um sie dick auf meine Eierkuchen zu streichen.
»Da scheint aber jemand Hunger zu haben«, stellte meine Mutter fest und trank einen Schluck Kaffee. »Ich habe nachgedacht. Wenn du immer noch denkst, dass mit deiner Lehrerin etwas nicht stimmt, fahre ich dich gerne in die Schule und wir reden mit ihr.«
Ich verschluckte mich. Und während ich mir fast die Seele aus dem Leib hustete und kaum Luft bekam, kehrte die Erinnerung an den gestrigen Tag und den damit einhergehenden Traum zurück.
»Nein … nein«, stammelte ich, als mir meine Mutter hilfsbereit auf den Rücken klopfte.
Sie seufzte. »Na gut. Ähm, du weißt, dass ich eigentlich wenig davon halte, eine Krankheit vorzutäuschen. Aber wenn du möchtest, darfst du heute zu Hause bleiben!« Als sie meinen verwirrten Gesichtsausdruck bemerkte, ergänzte sie: »Ich meine, es ist schließlich Freitag und ab Montag ist sicherlich Mrs. Jenkins wieder zurück.«
Das Angebot klang zwar verlockend, aber der Gedanke, nicht in die Schule zu gehen, machte mir mehr Angst als ein Faulenzer-Vormittag. Ich schüttelte daher den Kopf und schob mir eine Gabel voll Pfannkuchen in den Mund. Diesmal schmeckte er jedoch nicht süß und saftig, sondern

erinnerte mich vielmehr an eines dieser ekligen Esspapiere, die meine Mutter mir einmal gekauft hatte. Ich musste mich richtig zwingen, den halbzerkauten Brei herunterzuschlucken. Nach diesem Bissen schob ich den Teller zur Seite und stand auf.

»Schon satt?«

»Ich … äh … muss noch ein paar Sachen packen«, sagte ich ausweichend. »Laura wartet sicherlich längst.«

Ich rannte nach oben und lehnte mich von innen gegen die Tür meines Zimmers. Meine Lehrerin war eine Hexe und niemand glaubte mir. Bei diesem Gedanken rutschte mir sofort wieder das Herz in die Hose.

Was hatte sie eigentlich mit mir vor? Was würde als Nächstes geschehen? War ich etwa genauso verflucht wie Kimberly? Die Gedanken wirbelten nur so in meinem Kopf herum, bis mein Blick am Nachtschrank hängenblieb.

Das Handy. Konnte das der Auslöser allen Übels sein?

Meine Beine zitterten, als ich mich von der Tür abstieß und zu meinem Smartphone ging. Nachdenklich betrachtete ich es eine Weile, bevor ich es in die Hand nahm.

Es sah normal aus, fühlte sich auch von der Temperatur her nicht anders an als sonst und war auch nicht schwerer. Trotzdem wurden meine Hände schwitzig und ein eiskalter Schauer lief mir den Rücken hinab. Was, wenn das Ding tatsächlich verflucht war? Nackte Angst machte sich in mir breit. Hastig riss ich die Nachttischschublade auf und ließ das Mobiltelefon darin verschwinden.

Sobald die Schublade wieder geschlossen war, fühlte ich mich erleichtert. So, als wäre eine riesige Last von meinen Schultern genommen worden. Ein letzter Blick auf das Nachtkästchen, dann packte ich eilig meine Sachen.

Kaum war ich aus der Haustür getreten und ein paar Schritte gegangen, musste ich wieder an Miss Christie denken. Ich zwang mich, nicht auf die Linien zu treten, und stellte mir vor, dass diese Laserstrahlen waren. Das Spiel hatte mich schon als Kind abgelenkt, zum Beispiel, wenn ich nicht an eine schlechte Note denken wollte. Und auch diesmal half es. Eine Hupe ertönte hinter mir und kurz darauf hörte ich neben mir ein Auto heranfahren. Ich sah vom Gehweg auf und erkannte meine Mutter im Wagen, die gerade das Fenster herunterließ.

»Hier, das hast du vergessen«, meinte sie und hielt mir mein Handy entgegen.

Fassungslos starrte ich von ihr zu meinem Telefon und wieder zurück.

»Alles in Ordnung?«, fragte meine Mutter verwirrt. »Du siehst aus, als hättest du gerade ein Gespenst gesehen. Falls du doch mit mir …«

»Äh … ja … nein, danke«, stammelte ich und riss ihr das Handy aus der Hand. »Ich war nur vollkommen in … äh … Gedanken.«

Meine Mutter lächelte. »Na dann, viel Spaß in der Schule!« Ich schaute zu, wie sie in einer Auffahrt wendete und zurückfuhr. Dann starrte ich erneut das Handy in meiner Hand an. Ich hatte es doch in meine Schublade gelegt. Wie kam sie also an das Smartphone?

»Hey!«

Ich hatte Laura gar nicht bemerkt. Ertappt ließ ich mein Handy in der Jackentasche verschwinden.

»Hi«, erwiderte ich und trat unsicher von einem Fuß auf den anderen. Ich hatte keine Ahnung, wie ich mich nach gestern Abend verhalten sollte. Laura ging es anscheinend nicht anders, denn das Lächeln, das sie mir zuwarf, sah sehr zögernd und gespielt aus. Bevor es dann so richtig peinlich wurde, trottete ich einfach los.

Jeder von uns schien seinen Gedanken nachzuhängen. Zu gerne hätte ich gewusst, worüber Laura in diesem Moment nachdachte. Ob ich einen Versuch wagen sollte, mit ihr zu reden?

Vielleicht würde sie mir glauben, wenn ich von meinem Albtraum und der Sache mit dem Handy erzählte, aber in Gedanken hörte ich sie schon sagen: *Nick, ich sag nur -*

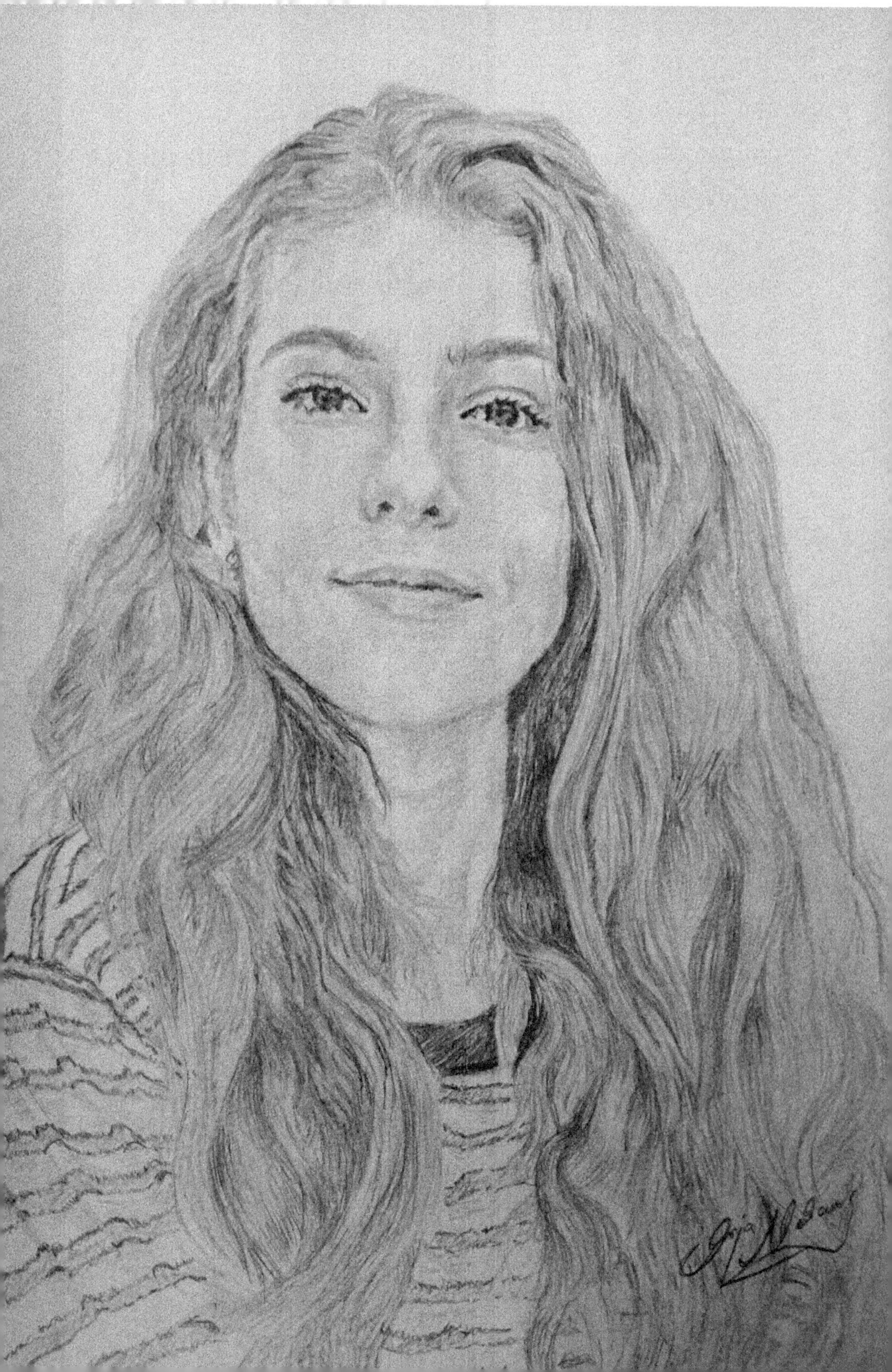

Friedhof. Wahrscheinlich hätte sie sogar recht damit, dass mein Traum auf diesem Erlebnis basierte.

»… Hexe gehen …«

Mehr hörte ich von ihren Worten nicht, war aber dankbar, dass Laura den ersten Schritt gemacht hatte. Sofort erwiderte ich: »Wegen gestern … Du glaubst mir also?«

»Was?« Sie überlegte kurz und rollte dann mit den Augen. »Fang nicht schon wieder damit an. Ich möchte nichts mehr davon hören, kapiert?« Dabei sah sie mich eindringlich an. Es war also doch zwecklos. Sie glaubte mir nicht. Und irgendwo konnte ich es auch verstehen.

»Wie sieht's aus, bist du dabei?«, fragte sie mich.

Ich muss sie wohl sehr verwirrt angesehen haben, denn sie stöhnte genervt.

»Halloween?«, erklärte sie und, als ich immer noch nichts antwortete, fügte sie hinzu: »Ich sagte gerade, ich habe überlegt, ob ich vielleicht doch nicht als Hexe, sondern als Skelett gehen sollte. Und ich fragte, ob du mit dabei bist. Also heute Abend.«

An Halloween hatte ich nicht mehr gedacht. Der Gedanke an dieses Fest bereitete mir Unbehagen. Davon abgesehen war ich eh kein großer Fan, mich zu verkleiden. Wären da nicht immer die Süßigkeiten gewesen, die man dabei sammeln konnte, hätte ich mich schlichtweg geweigert, mitzumachen.

»Also ...«

»Ich möchte keine Ausrede von dir, Nicholas Zacharias«, ermahnte mich Laura und ihr Tonfall erinnerte mich irgendwie an Miss Christie. »Du kommst auf jeden Fall mit.«

Bevor ich antworten konnte, kam Jennifer laut lachend auf uns zu und die Mädchen unterhielten sich über ihre Kostüme. Das gab mir endlich die Gelegenheit, mich um ein viel wichtigeres Problem als Halloween zu kümmern: Ich musste das Handy loswerden.

»Ich muss mal«, murmelte ich und deutete in Richtung Schule. Laura nickte nur und wandte sich dann wieder Jennifer zu.

Zielstrebig rannte ich zur Schultoilette und schloss mich in der ersten freien Kabine ein. Sofort ergriff mich eine innere Unruhe. Meine Nerven lagen blank, als ich das Handy aus der Tasche holte und es in den Mülleimer warf, als handelte es sich um einen giftigen Gegenstand.

Während der Deckel noch langsam hin und her schwang, öffnete ich schon wieder die Tür und stürzte zum Waschbecken. Heilfroh, das verflixte Ding endlich los zu sein, spritzte ich mir kaltes Wasser ins Gesicht.

Danach stützte ich mich am Beckenrand ab, schloss die Augen und atmete tief durch.

»Ey, Nick. Du hast da was verloren.« Jason schlug mir freundschaftlich auf den Rücken. Als ich aufblickte erkannte ich mein Handy in seiner Hand.

»Äh … danke …«, stotterte ich und spürte förmlich, wie erst sämtliche Farbe aus meinem Gesicht wich, bevor es durch die aufsteigende Hitze anfing, knallrot zu werden. Hastig riss ich Jason das Mobiltelefon aus der Hand.

»Was hättest du nur gemacht, wenn ich nicht zufällig auch auf dem Klo gewesen wäre? #Herzinfarkt? Nein warte, besser #gebrochenesherz!«, stichelte er und verteilte schmatzend Luftküsse in meine Richtung.

Wortlos ließ ich ihn stehen.

* * *

»Auf die Plätze — fertig — los!«

Im gleichen Moment vernahm ich den Pfiff, ging ein wenig in die Knie und drückte mich dann vom Startblock ab. Zuerst tauchten meine Hände, dann mein Kopf und zu guter Letzt der Rest ins kalte Wasser.

Brrr, dachte ich und machte ein paar ungleichmäßige Schwimmzüge, ehe ich versuchte, einen optimalen Rhythmus zu finden. Am Ende der Bahn gelang mir dann eine mehr schlechte als annehmbare Wendung.

Als ich auftauchte, sah ich, dass Laura schon fast am Ende der zweiten Bahn angelangt war. Jason war fast mit ihr auf einer Höhe.

Zoey hingegen war nur knapp vor mir und Emily sah ich überhaupt nicht. Sie musste folglich hinter mir sein.

»Nick, wie wäre es, wenn du einen Zahn zulegst?«, rief mir unser Schwimmtrainer vom Beckenrand aus zu. »Marc überholt dich gleich!«

Ich tauchte unter und tat so, als hätte ich ihn nicht gehört. Wieder über der Wasseroberfläche sah ich, dass er sich mitlerweile an Emily gewandt hatte.

Glücklicherweise war Mr. Parker ein cooler Lehrer und ich liebte den Schwimmunterricht. Doch in dieser Unterrichtsstunde stand allerdings Schwimmen auf Zeit über einen Kilometer an. Für Laura kam das mehr als gelegen, denn beim letzten Mal hatte Jason nur knapp vor ihr gewonnen und zog sie die ganze Zeit damit auf. Heute hatte sie also die Chance, es ihm heimzuzahlen.

Ich hasste solche Wettbewerbe. Mr. Parker sagte immer zu mir, ich hätte einen großartigen Stil, wäre aber eine lahme Ente.

Marc, mit dem ich mir die Bahn teilte, tauchte dicht neben mir auf.

»Sorry … bist … echt … zu langsam«, schnaufte er und kraulte an mir vorbei.

Ein paar Züge gelang es mir, mit ihm auf einer Höhe zu bleiben, was mich allerdings aus meinem Rhythmus brachte. Ich schluckte Wasser, hustete und gab schließlich auf. Nach und nach fiel ich zurück.

»Sehr schön, Nick!«, rief Mr. Parker mir zu. »Nur, wie immer, einfach zu langsam. Wie wäre es, wenn du auch kraulst wie Marc?«

Ich sah aus den Augenwinkeln, wie er bedauernd den Kopf schüttelte, als ich ihm unter Wasser die Zunge herausstreckte und weiterhin bei meinem Bruststil blieb.

Nach und nach sah ich, wie meine Mitschüler aus dem Becken stiegen, kurz mit Mr. Parker sprachen und sich dann umziehen gingen. Verdammt, vor mir lagen noch ganze drei Bahnen. Emily musste ebenfalls noch drei oder vielleicht sogar vier vor sich haben. Ich sah mich kurz nach ihr um, konnte sie aber nirgends entdecken. Ich schwamm gerade wieder los, als mich etwas am Bein streifte. Ich zuckte erschrocken zusammen und verschluckte prompt Wasser. Hustend trat ich auf der Stelle und hielt mich mit einer Hand an einer der Trennleinen fest, die die Schwimmbahnen unterteilten. Es dauerte einige Sekunden, bis ich wieder normal atmen konnte.

Verunsichert blickte ich nach unten, sah aber nur das kristallklare Wasser und die Fliesen am Beckenboden. Komisch, dachte ich, als mich diesmal etwas am Rücken streifte. Ich drehte mich panisch um, aber da war nichts. Erst jetzt fiel mir auf, dass nicht einmal mehr Emily im Becken war. Das war mehr als merkwürdig, schließlich war sie noch nie schneller als ich gewesen.

»Äh, Mr. Parker …« Ich beendete den Satz nicht, denn, nachdem ich mich einmal im Kreis gedreht hatte, erkannte ich, dass sowohl Emily als auch mein Schwimmlehrer anscheinend verschwunden waren.

»Er ist wahrscheinlich nur kurz in der Umkleide, um nach dem Rechten zu sehen«, überlegte ich laut, in der Hoffnung, dass mich der Klang meiner eigenen Stimme beruhigen würde. Just in diesem Moment bemerkte ich eine Bewegung im Wasser. Ein grauer Schatten, der anmutig unter der Oberfläche entlangglitt.

Konnte das Emily sein?, frage ich mich und rief laut: »Emily?«

Der Schatten tauchte aber nicht auf, sondern drehte am Ende des Pools und kam in meine Richtung zurück.

Sofort beschlich mich ein ungutes Gefühl. Irgendetwas an der Sache störte mich, nur wusste ich nicht genau, was. Mein Herz hämmerte in meiner Brust, während ich mit

einem ruhelosen Blick herauszufinden versuchte, was genau mir zusetzte. Eine Schwanzflosse tauchte auf und es dauerte nur eine einzige Sekunde, bis die Tatsache, was sich bei mir im Schwimmbecken befand, mein Gehirn erreicht hatte. Eine weitere Schocksekunde verging, bis ich zu kreischen anfing und versuchte, rückwärts und wild strampelnd zu fliehen. Als ich im Rücken die Leine spürte, die die Schwimmbahnen abtrennte, und mich daran in Richtung Beckenrand zog, jagten tausend Gedanken gleichzeitig durch meinen Kopf.
Wie konnte ein Hai ins Schwimmbecken kommen?
Hatte er Emily schon gefressen?
Was wusste ich über Haie? Sie mögen Blut, greifen aber nur an, wenn …
Abrupt stoppte ich und hörte auf zu kreischen.
… sie sich durch hektische Bewegungen und Lärm bedroht fühlten.
Ich hatte alles falsch gemacht, was man nur falsch machen konnte!
Anscheinend war der Hai der gleichen Meinung, denn er kam direkt auf mich zu. Todesangst erfüllte mich. Wie gelähmt klammerte ich mich an das Seil, als könnte es mich vor einer Haiattacke beschützen.

Eine Armlänge vor mir hielt das Tier an und fixierte mich lauernd. Als überlegte der Hai, ob er mit einem Arm, Bein oder einem saftigen Bauch anfangen sollte.
Auch ich ließ den Hai keine Sekunde aus den Augen. Um uns herum plätscherte es leise, ansonsten hörte ich nur das Rauschen meines Blutes in den Ohren, vernahm meinen Herzschlag und schmeckte bittere Galle, die meine Kehle hochstieg.
Das war's! Gleich wird er nach vorne schnellen und …
Der Hai bewegte sich und begann mich zu umkreisen. Ich drehte mich mit, um ihn nicht aus den Augen zu verlieren. Mit jeder Runde schien der Kreis enger zu werden.
Ich spürte die Bewegung der kleinen Wellen, die der Hai verursachte und schnappte laut nach Luft. Sofort hielt das Raubtier inne und wartete ein paar Augenblicke lauernd. Vier oder fünf Sekunden, die sich wie eine Ewigkeit anfühlten.
Dann schwamm er wieder los und streifte dabei mit seiner Flosse meinen Bauch. Bevor ich überhaupt wusste, was passierte, ballte ich meine rechte Hand zur Faust, ließ sie reflexartig nach vorne schnellen und traf den Hai an seinen Kiemen.
Was zur Hölle hatte ich getan? Mein Herz setzte einen Schlag aus und begann dann unbarmherzig in meiner Brust

zu donnern. Ich zog die Faust zurück. Jetzt war ich mit Sicherheit Haifischfutter. Ich schloss die Augen, da ich auf keinen Fall mein Ende kommen sehen wollte. Von weit weg, wie durch Watte, hörte ich meine eigene Stimme, die immer wieder rief: »Ich will nicht sterben. Ich will nicht sterben. Es tut mir leid.«

Irgendwann hielt ich die Panik nicht mehr aus und riss meine Augen auf. Ich entdeckte die Haiflosse am anderen Ende des Beckens.

Was … Wieso …? Meine innere Stimme wurde lauter. Das ist doch jetzt scheißegal. Verschwinde!

Als hätte jemand einen Schalter bei mir umgelegt, löste sich meine Angespanntheit und ohne den Hai aus den Augen zu lassen, hangelte ich mich am Seil entlang bis zum Beckenrand. Eine gefühlte Ewigkeit später spüre ich die kühle Einfassung im Rücken.

In der Zwischenzeit schien es sich der Hai aber doch wieder anders überlegt zu haben und nahm Kurs auf mich.

In Todesangst drehte ich mich von ihm weg und stemmte mich ungelenk nach oben aus dem Pool. Ich rutschte ab, nur um direkt einen zweiten Versuch zu starten.

Diesmal gelang es mir. Schnaufend und mit rasendem Puls lag ich auf den Fliesen vor dem Schwimmbecken. Ich rappelte mich hoch und kroch so schnell wie möglich vom

Rand weg. Erst als ich weit genug entfernt war, drehte ich mich um. Der Hai war nicht zu sehen, aber ich hörte das Wasser wild plätschern. Dann erblickte ich die Rückenflosse kurz.

Meine Knie zitterten, als ich mich erhob, um das gesamte Becken erfassen zu können. Unsicher ging ich einen Schritt nach vorn. Konnte ein Hai bis hierher springen?

Noch ein Schritt. Mein Herz drohte in meiner Brust zu bersten. Ich beugte mich wie in Zeitlupe nach vorne über den Beckenrand.

»Was machst du da?«, ertönte die Stimme meines Trainers dicht an meinem Ohr. Ich zuckte kreischend zusammen und drehte mich zu ihm um.

»Da ... da ...« Mein Atem ging plötzlich so schnell, dass ich nicht sprechen konnte.

Deswegen zeigte ich mit ausgestrecktem Arm in Richtung Schwimmbecken und sah den Lehrer dabei mit weit aufgerissenen Augen an. Und mit einem Mal nahm ich aus den Augenwinkeln eine Bewegung wahr.

Der Hai!

Ich zog den Arm sofort zurück und stolperte zwei Schritte rückwärts, strauchelte und landete unsanft auf meinem Hinterteil.

»Ich hab's ja schon immer gewusst, dass du mich umwerfend findest!« Emily tauchte aus dem Wasser auf und wischte sich schnaubend Tropfen aus dem Gesicht.

»Du … da …«, stammelte ich und versuchte ziemlich schwerfällig auf die Beine zu kommen. Als ich endlich stand, betrachtete ich das ruhige Wasser im Becken. Weit und breit kein Hai.

»Ich … äh …« Mit hochrotem Kopf wandte ich mich ab und rannte in die Umkleide für Jungs. Dort war ich ganz allein. Alle anderen hatten sich schon umgezogen und befanden sich längst in der Pause. Hektisch nestelte ich an meinen Sachen herum, zog mein Handy aus der Hosentasche und verlor den Boden unter meinen Füßen, als ich auf das Display starrte. Ich hätte es wissen müssen. *Haimania* war geöffnet.

Ich schloss die App und bemerkte eine Mitteilung von *Freund 667: Na? So ist die Schwimmstunde doch gleich motivierender gewesen, was? :)*

Die Worte der Nachricht dröhnten in meinem Kopf, während ich mich kopflos anzog. Es musste doch irgendeine Möglichkeit geben, diesen verdammten Fluch loszuwerden. Inzwischen war ich nämlich sicher, dass Miss Christie mich tatsächlich verflucht hatte. Daran bestand für mich kein Zweifel mehr. Ebenso wenig daran, dass ich

wohl kaum mit ihr vernünftig reden konnte. Vielleicht würde alles einfach enden, wenn sie das Schulgebäude wieder verließ? Nein, das Handy ...
Ich rannte aus der Umkleide und direkt in die Arme eines Schülers aus der 4. Klasse, die immer nach uns Schwimmunterricht hatten. Der Name des Jungen war Simon, wenn ich mich nicht täuschte. Ich musterte ihn kurz, während er eine Entschuldigung stammelte.
Ohne weiter darüber nachzudenken, legte ich ihm eine Hand auf die Schulter. »Nein, nein, alles gut. War mein Fehler. Hier, schenk ich dir als Wiedergutmachung.« Ich drückte ihm schief grinsend mein Handy in die Hand.
»3382 ist der Pincode.«
»Aber ...«, begann Simon und blickte mich an, als wäre ich ein Alien.
»Moment!« Ich riss ihm nochmal das Handy aus der Hand. Eine Minute später hatte ich alle Einstellungen zurückgesetzt. »So, erledigt. Jetzt gehört es dir.« Ich klopfte ein weiteres Mal auf seine Schulter und ließ ihn dann einfach stehen. Nun würde alles gut werden!
»Wer von euch kann mir etwas über die Ursprünge von Halloween erzählen?« Miss Christie schritt erhobenen Hauptes durch die Reihen und bedachte jeden Einzelnen von uns mit einem fragenden Blick. Automatisch zog ich

die Schultern ein, aber sie beachtete mich nicht mehr als meine Mitschüler. Ich hatte fest damit gerechnet, dass sie mich auf den gestrigen Abend ansprechen würde, oder dass wieder irgendetwas passierte. Doch der Vormittag verlief ungewöhnlich friedlich. Ganz so, als wäre Mrs. Jenkins zurück und nicht länger Miss Christie unsere Lehrerin. War es mir etwa gelungen, den Fluch wie auch immer zu brechen?

»Niemand?«, hakte Miss Christie nach und wartete geduldig darauf, dass sich doch noch jemand meldete. »Den ganzen Vormittag höre ich euch schon über Kostüme reden. Und auf welches Fest ihr geht, wo es sich so richtig lohnt, Süßigkeiten zu sammeln. Ihr enttäuscht mich!« Und diesmal traf mich ihr eisiger Blick, während sie lächelte. Prompt sträubten sich meine Nackenhaare. »Nicholas? Du vielleicht?« Also zu früh gefreut.

Mir gelang lediglich ein schwaches Kopfschütteln.

»Okay, dann sei so gut und mach das, was du am besten kannst: Nimm dein Handy, und schau einmal nach, was du bei Google über Halloween findest.«

»Ähm …« Nervös warf ich einen Blick zu Laura, die aber nur mit den Schultern zuckte. »Aber …«

»Na los, du bist doch sonst immer so schnell, wenn es um dein technisches Spielzeug geht«, ermutigte mich Miss Christie.

Ich zögerte einen Moment. Ahnte sie etwas? Unmöglich!

»Es ist so«, erklärte ich mit einem leichten Zittern in der Stimme und tat dabei, als würde ich meine Jacke nach dem Handy abtasten. Zuerst lässig, dann spielte ich ihr eine gewisse Nervosität vor. Hoffentlich gelang es mir, sie zu überzeugen. »Mein ...«

»Suchst du etwa das hier?« Miss Christie stand nun direkt vor meinem Platz und zog aus einer Rocktasche, die mir, nebenbei bemerkt, noch nie aufgefallen war, mein iPhone. Woher?, fragte ich mich und blickte verwirrt von meinem Handy in ihr Gesicht.

»Das ist dir in der Schwimmhalle aus der Tasche gefallen! Simon gab es vorhin seiner Lehrerin, die es wiederum mir gab.«

Nach außen hin versuchte ich cool zu bleiben, aber innerlich stöhnte ich auf. Von wegen vergessen!

Unsicher griff ich nach dem Handy und stammelte ein kaum hörbares *Danke!*

Dann widmete ich mich der Bitte, die sie mir gegenüber geäußert hatte. Meine Finger zitterten dabei so stark, dass ich drei Mal *Ursprung Halloween* eintippen musste, bis

Google erkannte, was ich suchte. Selbst beim letzten Versuch war das Suchergebnis eher Zufall, denn mir war nur ein *Irsprung Hakkoweem* gelungen.

»Die Bedeutung …« Meine Stimme klang fremd und belegt, sodass ich noch einmal von vorne begann. »Die Bedeutung von Halloween hat ihren Ursprung im katholischen Irland.« Ich räusperte mich, aber es half nichts. Mein Hals fühlte sich wie zugeschnürt an und meine Zunge klebte förmlich am Gaumen. »Hier steht, dass es auf dem keltischen Fest ›Samhain‹ beruht und damit Neujahr gefeiert wurde. Die … die Kelten glaubten, dass an diesem Abend die Welten der Toten und Lebenden aufeinanderprallten.« Ich brach ab und blickte auf. Direkt in die Augen von Miss Christie, die mich fast schon liebevoll anlächelte. Mein Herz rutschte in die Hose. Stammelnd las ich weiter: »Der … der Sage nach … versuchten die Toten Besitz von den Seelen …« Ich schluckte hörbar. »… den Seelen der Lebenden zu ergreifen, um die Chance auf ein Leben nach dem Tod zu bekommen.« Völlig entgeistert sah ich meine Lehrerin an. Wollte Miss Christie mir damit etwa sagen …? War sie keine Hexe, sondern ein Geist? Hatte Kimberly nicht gesagt, eine Geisterhexe hätte sie verflucht? Oder war das ihre Rache, weil ich sie gestern verfolgt hatte?

Tausende Gedanken rasten durch meinen Kopf.

»Und warum verkleiden sich die Menschen, Miss Christie?«, fragte Emily in die entstandene Stille hinein.
»Eine sehr gute Frage. Viele glaubten, dass sie so die Toten abschrecken oder gar vertreiben könnten. Aber früher nahmen die Menschen schließlich auch an, dass die Erde eine Scheibe sei«, erklärte sie in das Klingeln der letzten Stunde hinein.

* * *

»Ich glaube, ich werde krank.« Demonstrativ hustete ich.
»Netter Versuch«, meinte Laura. Sie saß, mit dem Rücken an die Wand gelehnt, auf meinem Bett und funkelte mich finster an. Durch die grüne Hautfarbe und die schwarz umrandeten Augen wirkte sie erschreckend und wütend.
»Ehrlich«, sagte ich und hustete noch einmal.
Statt einer Antwort schnappte sie sich mein Kopfkissen und warf es nach mir. Auf dem Fußboden gab ich eine gute Zielscheibe ab und das Kissen landete direkt in meinem Schoß. Ich ergriff es und warf es zurück.
»Hey!«, rief sie empört. »Du ruinierst noch meine Schminke.«
Statt einer Antwort rollte ich mit den Augen und gab ein weiteres Mal mein Husten zum Besten.
»Gib's auf! Ich hab' dich doch nicht umsonst als gruselige Vogelscheuche verkleidet.«

»Warum kann ich nicht einfach zu Hause bleiben. Ich hab' ein verdammt ungutes Gefühl bei dem Ganzen«, versuchte ich, Laura zu erklären, aber sie schüttelte vehement den Kopf.

»Du hast jedes Jahr eine neue Ausrede. Und ich lasse nicht zu, dass du auf einen riesigen Berg Süßigkeiten verzichtest, nur weil du glaubst, dass Miss Christie eine Hexe ist und sie dein Handy verflucht hat. Hör mal …«

»Ich weiß, ich weiß …« Die letzte Stunde hatte mir Laura geduldig zugehört, während sie erst sich und dann mich geschminkt hatte. Am Ende war sie jedoch immer noch fest davon überzeugt, dass ich mir das alles nur einbildete. »Du denkst, es sind nur komische Zufälle. Aber …«

»Kein *Aber*! Du kommst mit und damit basta!«

Ich seufzte, denn mir war klar, dass ich bei ihr absolut keine Chance hatte, zu Hause zu bleiben.

»Wo bleibt Jason eigentlich?«, fragte sie. »Müsste er nicht schon längst da sein?«

Ich zuckte mit den Schultern. »Du kennst ihn doch. Mich wundert es sowieso immer, dass er nie zu spät zur Schule kommt.«

Laura kicherte zustimmend. »Wahrscheinlich weiß er, dass er in diesem Fall richtig Ärger bekommen würde. Guckst

du mal, ob er dir vielleicht geschrieben hat? Wenn nicht, dann mach du mal. Ich will nämlich langsam los.«
»Ja, also …«, murmelte ich und erhob mich ungelenk aus dem Schneidersitz. Am Schreibtisch blieb ich stehen und tat so, als würde ich etwas suchen. »Es ist …« Die Klingel an der Haustür rettete mich vor einer dummen Ausrede.
Nachdem verstecken, wegwerfen und verschenken des Handys nicht geklappt hatte, war ich nach der Schule nicht auf direktem Wege nach Hause gegangen, sondern hatte einen Umweg durch die Stadt eingelegt. In einem dieser Trödelläden tauschte ich mein Handy gegen ein hässliches, türkisfarbenes Samsung ein. Das Ganze sogar mit einer neuen Prepaidkarte, die ich noch aktivieren musste. In diesem Moment war mir alles recht gewesen, Hauptsache ich war dieses verfluchte Handy los. Und bis jetzt schien mein Plan aufgegangen zu sein.
»Kaum spricht man vom Teufel«, stellte ich fest.
Gemeinsam rannten Laura und ich nach unten.
Ich riss die Tür auf. »Wir müssen nur noch …« Der Rest meines Satzes blieb mir im wahrsten Sinne des Wortes im Hals stecken. Nicht Jason stand vor der Tür, sondern Miss Christie.
»Guten Abend, Nicholas«, begrüßte sie mich und jagte mir mit ihrer emotionslosen Stimme einen eiskalten Schauer

über den Rücken. Ich starrte die Lehrerin nur an, brachte kein Wort heraus. Selbst mein Kopf fühlte sich in diesem Augenblick komplett leer an.

»Hallo, Miss Christie«, mischte sich glücklicherweise Laura ein und schob mich ein Stück zur Seite. Als ich immer noch nichts sagte, plapperte sie munter weiter. »Wir hatten mit Jason gerechnet. Suchen Sie Nicks Mutter? Die ist leider nicht da.«

»Nein, ich wollte eigentlich zu Nicholas«, ergriff meine Lehrerin das Wort und bedachte mich mit einem stechenden Blick. »Du scheinst heute mit deinen Gedanken ganz woanders gewesen zu sein, und ich hatte vor, mich zu erkundigen, ob alles in Ordnung ist?«

Das Einzige, an das ich permanent denken konnte, war: Was wollte sie wirklich hier?

»Ja, das frage ich mich auch. Jedes Jahr das gleiche Theater«, meinte Laura und klopfte mir zwei Mal auf die Schulter. »Ich glaube, es liegt an Halloween.« Sie grinste und fügte eine Spur leiser hinzu. »Nick ist nämlich ein riesiger Schisshase, müssen Sie wissen.«

Mitfühlend nickte meine Lehrerin. »Na gut, wie auch immer. Du hast vorhin zum zweiten Mal dein Handy vergessen. Ich habe es unter deinem Tisch gefunden und dachte, ich bringe es dir, bevor es das ganze Wochenende in der Schule herumliegt, zumal ab Montag ja eure alte Lehrerin wieder da ist.« Sie zog mein Telefon aus ihrer Tasche und hielt es mir hin.

Das konnte doch unmöglich sein? Es war eindeutig meines. Die Macke oben rechts an der Ecke und die abgeplatzte Stelle über der Ladebuchse. Mit einem Mal fühlten sich meine Beine butterweich an und Schwindel erfasste mich. Ich taumelte einen Schritt zurück und stieß gegen Laura, die sich geistesgegenwärtig bei mir unterhakte.

»Tja, so ist Nick eben«, erklärte sie mit hochgezogenen Augenbrauen. Aus den Augenwinkeln sah ich, wie sie mein Handy an sich nahm. »Echt lieb von Ihnen, Miss Christie. Haben Sie noch einen schönen Abend. Vielleicht sehen wir uns irgendwann mal wieder. Hat echt Spaß gemacht. Und nochmals danke!« Aus ihrer Stimmlage konnte ich heraushören, dass Laura lächelte.

»Na, dann wünsche ich euch ganz viel Spaß heute.«

Um die Tür wieder zu schließen, trat Laura einen Schritt nach hinten. Bis eben hatte ich nur auf meine Fußspitzen gestarrt, aber jetzt sah ich kurz hoch in Miss Christies Gesicht.

Genau in diesem Moment zwinkerte mir die Lehrerin zu. Mit einem lauten Knall fiel die Tür ins Schloss.

Zitternd lehnte ich mich von innen dagegen und ließ mich langsam zu Boden gleiten.
»Meine Güte«, sagte Laura, die sich neben mich setzte. »Du siehst aus, als hättest du gerade ein Gespenst gesehen. Sie hat doch nur dein Handy gebracht. Das ist doch nett.«
»Nur vorbeigebracht«, fuhr ich sie an. »Dass ich nicht lache. Weißt du, ich habe das verdammte Ding gar nicht in der Schule vergessen. Ich war nach dem Unterricht in der Stadt und habe es verkauft!«
Bevor Laura antworten konnte, stand ich auf und rannte nach oben. Meine Freundin folgte mir. Oben angekommen griff ich nach meinem Rucksack und begann wild darin herumzuwühlen. Ich wusste hundertprozentig, dass ich das neue Telefon in das abgetrennte Fach gesteckt hatte, aber da war es nicht mehr. Ich kippte den kompletten Inhalt auf den Teppich, aber das neue Handy war und blieb verschwunden.
»Es war türkis. So ein verdammtes, türkises Samsung mit echt vielen Macken«, stammelte ich und spürte, wie die ersten Tränen sich ihren Weg auf meiner Wange bahnten. In meiner Verzweiflung trat ich den Rucksack durch mein Zimmer und setzte mich auf den Boden. Damit Laura mich nicht weinen nicht sah, winkelte ich die Beine an und legte meinen Kopf auf die Knie.

»Hast du das vielleicht nur geträumt? Ich meine, das da ist doch eindeutig dein Handy.«

»Das weiß ich auch«, fauchte ich. »Daran siehst du endlich, dass ich recht habe mit diesem dämlichen Fluch. Ich vergesse das Teil zu Hause und meine Mom bringt es mir. Ich schmeiße es in den Müll und Jason drückt es mir wenig später in die Hand. Ich verschenke es und plötzlich hat es Miss Christie. Ich verkaufe es …«

Ein leises Piepen unterbrach mich.

»Das ist sicher Jason«, murmelte Laura. »Schreib ihm, dass wir später kommen.«

Ich vergaß meine Angst, meine Wut und die Tränen einen Moment und blickte auf.

»Denkst du etwa, ich lasse meinen besten Freund jetzt allein, wenn er so durch den Wind ist?«, fügte Laura noch hinzu und drückte mir das Telefon gegen das Bein, bis ich danach griff.

Ich entsperrte es und im nächsten Augenblick setzte mein Herz schon wieder einen Schlag aus. Auf dem Startbildschirm befand sich eine neue App. Und zwar eine, die ich ganz sicher nicht installiert hatte. *Deathschool*.

Das Telefon fiel mir aus der Hand und ich schob es mit dem Fuß von mir weg.

»Alles gut?«, erkundigte sich Laura.

»Nein, da … sie hat eine App installiert, die ich nicht kenne«, stammelte ich.

»Sicher? Vielleicht hast du sie versehentlich selbst heruntergeladen. Ich meine, du klickst ja gerne mal etwas an«, versuchte Laura, mich zu beruhigen.

»Garantiert nicht«, schrie ich sie an. »Was weißt du denn schon? Du glaubst mir doch eh kein Wort, also verschwinde einfach!«

Kaum hatte ich sie ausgesprochen, taten mir meine Worte leid. »Hör mal, ich …«

Aber Laura erhob sich bereits. »Schon verstanden, Nick. Nimm's mir nicht übel, aber du hast sie doch echt nicht mehr alle.«

Sie stemmte ihre Hände in die Hüften und schnaubte wütend. »Du bist mein bester Freund, aber die ganze Geschichte klingt nun einmal … Wie auch immer. Ganz ehrlich, wenn ich *angeblich* so eine Panik hätte, dann hätte ich das Angebot meiner Mutter angenommen. Dann würde ich mir helfen lassen.«

»Um mich zum Affen zu machen?«

»Nein, aber um sich seinen Ängsten zu stellen. Verdammt, Nick, es gibt keine Hexen, Flüche oder sonst was. Und ich beweise es dir jetzt!«

Ehe ich wusste, wie mir geschah, bückte sie sich nach meinem Smartphone.

»Untersteh dich«, rief ich, als mir klar wurde, was sie vorhatte. Ich sprang auf, doch da bewegten sich ihre Finger schon über mein Display und entsperrten es.

Fuck, warum hatte ich ihr bloß meinen Code gegeben?

Zum Ärgern blieb mir jedoch kein bisschen Zeit, also versuchte ich, ihr das Handy aus der Hand zu reißen, aber sie wich geschickt aus.

»Keine Chance, mein Lieber. Ich werde dir das hier und jetzt beweisen«, teilte sie mir mit und sah mich einen Augenblick lang nachdenklich und irgendwie auch mitleidig an. Dann presste sie ihre Lippen aufeinander, und ehe ich zupacken konnte, berührte ihr Zeigefinger das Display und den Button für *Deathschool*.

Aus den Augenwinkeln sah ich, wie der Bildschirm dunkel wurde. Mitten in der Bewegung hielt ich inne und starrte fassungslos auf mein Handy. Drei oder vier endlos lange Sekunden passierte nichts. Mein Herz raste, während mein Kopf versuchte, einen einzigen klaren Gedanken zu fassen. Hatte Laura recht? Bildete ich mir alles nur ein?

»Siehst du. Nichts passiert.« Lauras Stimme riss mich aus meinen Überlegungen. Ich spürte, wie sie mir das Handy in die Hand drückte. Im gleichen Moment ertönte eine altertümliche Melodie. Und während ich noch einen Funken Hoffnung hegte, dass es sich nur um die Hintergrundmusik eines anderen Spiels handelte, hörte ich Lauras Stimme:

»Nick. Mir ist plötzlich so komisch.«

Vor meinen Augen sackte Laura zusammen.

»Laura!«, schrie ich und versuchte noch, sie aufzufangen, aber das Zimmer begann, sich auch um mich zu drehen. Erst langsam, dann schneller.

Augenblicklich wurde mir speiübel und ich merkte, wie der Boden immer näherkam. Dann war alles um mich herum unvermittelt stockdunkel.

10

»Nick.«

Ich hörte meinen Namen, spürte etwas Hartes unter meinen Armen und schlagartig kam die Erinnerung zurück. Miss Christie, die neue App, Laura. Jemand berührte mich an der Schulter. Mit einem Satz richtete ich mich auf und öffnete meine Augen. Für einen kurzen Moment drehte sich alles um mich.

»Nick.«

Der Ausspruch meines Namens war nicht viel mehr als ein Flüstern. Die Stimmlage reichte jedoch aus, um die Angst darin zu erkennen. Laura erschien in meinem Blickfeld. Die Arme eng um ihren Oberkörper geschlungen, huschte ihr Blick nervös umher.

»Alles …?« ›In Ordnung‹, wollte ich eigentlich fragen, aber sie unterbrach mich.

»Was zur Hölle ist hier los?«, zischte sie mich an. »Wie sind wir hierhergekommen?«

»Was meinst du mit hierhergekommen?« Erst jetzt nahm ich den Raum um mich herum in aller Deutlichkeit wahr. Unwillkürlich begann ich zu frösteln und spürte, wie sich ein dicker Kloß in meinem Hals bildete. Wir befanden uns nicht mehr in meinem langweiligen Kinderzimmer. Das war unser Klassenraum.

»Was geht hier vor, Nick?«

Ich hab' es dir doch die ganze Zeit gesagt, lag mir auf der Zunge, aber es fühlte sich nicht gut an, es laut auszusprechen. Stattdessen flüsterte ich: »Miss Christie.«

Meine Worte schwebten noch in der Luft, als die Schulglocke ertönte. Ich zuckte zusammen und hörte, wie Laura erschrocken quiekte. Fast zeitgleich schwang die Klassentür nahezu lautlos auf.

»Guten Abend, Nicholas Zacharias. Es freut mich sehr, dich hier zu sehen.« Miss Christie betrat den Raum und blieb abrupt stehen. »Laura, Laura Moore. Das war aber anders geplant.« Sie schüttelte den Kopf und klatschte in die Hände. »Nun gut, ich würde sagen, dann machen wir eben das Beste draus.« Sie ging zum Pult und setze sich auf die polierte Holzplatte.

Im fahlen Mondlicht, das durch die Fenster schien, wirkte ihre Haut noch blasser, als sie ohnehin schon war. »Mit zwei Schülern macht alles vielleicht noch viel mehr Spaß«, erklärte sie uns. »Lasst uns am besten mit Mathe anfangen. Also, Nicholas, würdest du bitte an die Tafel gehen. Und du Laura, begibst dich netterweise an deinen Platz.«

Die ganze Zeit hatte meine Freundin kein Wort gesagt und Miss Christie nur mit offenem Mund angestarrt. Der Klang ihres eigenen Namens schien ihre Starre gelöst zu haben.

»Was ... was geht hier vor?«, stammelte sie. »Das ist ... das ist doch verrückt.« Sie kicherte irre und sah mich an. »Ist das jetzt ein gemeiner Streich? Eine Art Rache, weil ...« Ich sah das Lineal in Miss Christies Hand und vernahm im selben Moment den Knall, als sie es auf das Pult schlug.
Laura hörte sofort auf zu reden und ich bemerkte, dass sie am ganzen Körper zitterte.
»Habe ich dir etwa erlaubt zu sprechen?« Miss Christies Stimme klang scharf. Sie stand auf und kam einen Schritt in unsere Richtung.
Keine Ahnung, woher ich den Mut nahm, aber ich hörte mich überraschend ruhig fragen: »Was wollen Sie, Miss Christie?«
»Dich!« Ein einziges Wort nur und dennoch verfehlte es seine Wirkung nicht.
»Dann ...«, begann ich und wollte sagen, dass sie Laura gehen lassen soll, aber Miss Christie hob den Finger an ihre Lippen und bedeutete mir unmissverständlich, still zu sein.
»Weißt du, Nicholas, ich liebe meinen Beruf. Schon als Kind wollte ich Lehrerin werden.«
Ich glaubte, ein kleines Lächeln über ihr Gesicht huschen zu sehen, bevor es sich wieder in eine steinerne Maske verwandelte. »Aber es gibt auch etwas, das ich an diesem Beruf verabscheue.« Ihr Blick bohrte sich regelrecht in mich

hinein, berührte mein Innerstes. »Faule Schüler, denen alles wichtiger ist als ihre Pflichten. Junge Menschen, die dumme Ausreden erfinden. So wie du einer bist!«

Eine erdrückende Stille erfüllte den Raum, bevor sie weitersprach: »Aber keine Sorge, von jetzt an gibt es nur noch die Schule für dich. 24 Stunden und 7 Tage die Woche, solange, bis du deinen Abschluss hast. Und wer weiß«, erklärte sie und stieß ein hämisches Lachen aus, »vielleicht ist dieser Privatunterricht ja auch für immer.« Sie drehte ihren Kopf und sah Laura an. »Und was dich betrifft. Wie sagt ein Sprichwort so schön: Mitgehangen, mitgefangen. Und jetzt sollten wir endlich anfangen. Nicholas, würdest du also bitte zur Tafel gehen?«

Ich beobachtete, wie sie sich umdrehte, und hatte nur einen einzigen Gedanken. Und das war der gleiche, den ich in Lauras Augen lesen konnte, als sie mich völlig verschreckt anblickte. Wir mussten hier weg.

Ich formte mit den Lippen: Lauf! Laura glotzte mich an, anscheinend unfähig, sich zu bewegen, während sich mein Körper diesmal sozusagen verselbstständigte.

Eben saß ich noch und keine Sekunde später stand ich, griff nach Lauras Hand, zog sie hoch und rannte mit ihr zur Tür. Aus den Augenwinkeln sah ich, wie Miss Christie sich wie in Zeitlupe in unsere Richtung drehte.

»Lauf ruhig weg, Nicholas. Du entkommst mir nicht, das kannst du mir glauben!« Sie hob ihre Hand in dem Augenblick, in dem wir in den Flur schlüpften.

Hinter uns fiel die Tür mit einem unglaublich lauten Knall ins Schloss.

»Was ... was hat das ... das ist doch ... ich kapier das alles nicht«, stammelte Laura zähneklappernd und blieb stehen.

Ich rollte mit den Augen und zog sie hinter mir her. Wir waren gerade um eine Ecke verschwunden, als ich hörte, wie die Tür des Klassenzimmers aufging.

»Nicholas, du kannst dich nicht verstecken. Vergiss nicht, das hier ist meine Welt und du kommst erst heraus, wenn ich es will.«

Jetzt hörte ich Schritte, die langsam und gleichmäßig in unsere Richtung kamen. Inzwischen waren wir bei der Mensa angekommen. Von dort gab es einen Ausgang, der nach draußen führte. Ich zog an der Stange, die die Tür öffnete, und im selben Moment wurde mir klar, dass wir in der Falle saßen.

Außerhalb der Öffnungszeiten war die Mensa stets abgeschlossen. Und es war Freitagabend! Verzweifelt sah ich mich um. Spinde, soweit das Auge reichte. Die Türen zum Chemielabor, die Toiletten ...

Gleich würde Miss Christie uns erwischen. Noch wusste sie nicht genau, wohin wir gelaufen waren, aber es war nur eine Frage der Zeit, bis sie uns entdeckte.
Verdammt, warum war ich nicht in die andere Richtung gerannt?
»Pst!«
Kaum hörbar, und doch drang es bis zu mir durch. Ich wandte mich in die Richtung, aus der das Zischeln gekommen war, und sah einen kleinen, blassen Jungen. Er war vielleicht sieben, höchstens acht Jahre alt, trug ein weißes Hemd und eine sichtlich zu weite Stoffhose, die nur dank der Hosenträger nicht rutschte.
»Pst!«, gab er noch einmal von sich, ehe er flüsterte: »Folgt mir! Los, kommt schon. Schnell!« Er legte seinen rechten Zeigefinger auf die Lippen und lief dann lautlos auf das Chemielabor zu.
Ich wusste, dass dieser Raum nur eine Tür hatte und die war eigentlich immer verschlossen. Doch der Junge drückte die Klinke, woraufhin sich die Tür geräuschlos öffnete.
»Wer ist er?«, wisperte Laura.
Ich hatte keine Ahnung und es war mir auch vollkommen egal. Viel wichtiger war für mich die Frage, ob wir ihm trauen konnten.

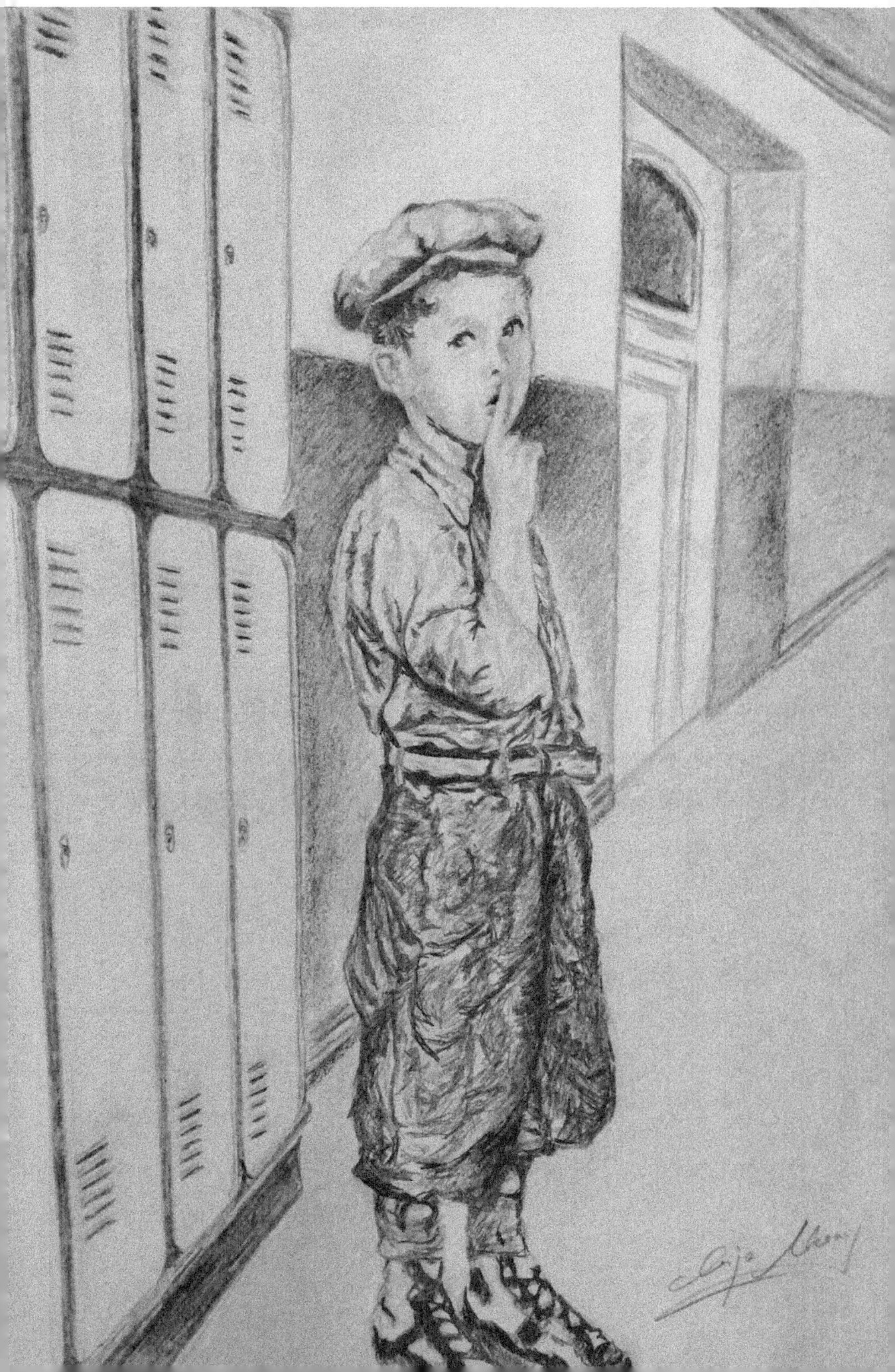

»Nicholas? Laura?« Miss Christies Stimme und ihre Schritte kamen näher.

Der Junge war also unsere einzige Chance.

Ich zerrte Laura hinter mir her. Kaum waren wir durch die halb offene Tür geschlüpft, schloss der Fremde sie leise.

»Kommt«, befahl er und rannte leichtfüßig auf einen großen Schrank zu, in dem die Kittel und Schutzbrillen hingen. Er öffnete ihn und gab uns mit einem Wink zu verstehen, dass wir uns dort verstecken sollten.

Der Schrank bot geradeso Platz für uns drei.

Eng aneinandergedrückt hockten wir nebeneinander, während der Unbekannte die Tür zumachte. Um uns herum wurde es sofort stockfinster.

Ich hielt kurz den Atem an und lauschte, vernahm aber nur meinen eigenen Herzschlag und Lauras schnelles Atmen. Von dem Jungen hörte ich nichts. Hätte ich ihn nicht neben mir gespürt, hätte ich geglaubt, ihn mir nur eingebildet zu haben.

Jetzt konnte ich wieder Schritte hören. Ein Geräusch, als würde eine Tür geöffnet, dann mehrmaliges Klappern. Sie war anscheinend in den Toiletten. Das Ganze wiederholte sich noch zwei Mal bei anderen Zimmern, dann öffnete sich jedoch die Tür zum Chemiesaal.

»Bist du hier, Nicholas? Mäuschen, sag mal Piep!« Ein gehässiges Kichern folgte. Ich hörte, wie Laura scharf die Luft einsog und fühlte, wie sich ihre Fingernägel in meine Handinnenfläche bohrten. Neben mir bewegte sich der mysteriöse Junge, und ein Kleidungsstück oder etwas Ähnliches legte sich über mich, sodass ich meinen eigenen, warmen Atem auf dem Gesicht spürte.

Im nächsten Moment wurde es hell und ich sah schemenhaft durch ein Stück Stoff Miss Christie. Jetzt hatte sie uns. Wären wir doch bloß nicht in diese Richtung gelaufen und dem Jungen gefolgt.

Es war so still, dass man eine Stecknadel hätte fallen hören können. Eine Sekunde verstrich. Eine weitere.

Warum starrte mich Miss Christie nur an und riss mir nicht den Stoff vom Gesicht? Im Hintergrund hörte ich die große Uhr über der Tür ticken. *Tick. Tack. Tick. Tack.*

Dann seufzte Miss Christie und machte die Schranktür zu. Ihre Schritte entfernten sich.

»Puh, das war aber verflucht knapp«, flüsterte der Junge. Es wurde hell um uns herum und ich sah, dass unser Retter aus dem Schrank trat. Ich riss mir den Laborkittel, denn nichts anderes war es gewesen, vom Gesicht, erhob mich und trat ebenfalls in den Laborraum.

»Das kannst du aber laut sagen.«

»Danke«, kam es von Laura. Ihre Stimme zitterte immer noch und sie schwankte leicht, als sie aus dem Schrank trat. »Kann mir … kann mir jetzt mal einer erklären, was hier zur Hölle los ist?«, stammelte sie. »Und wer in drei Teufels Namen bist du?«

»Gestatten, ich bin Richard«, stellte er sich übertrieben erwachsen vor und verbeugte sich vor uns.

Laura, die gerade ihren Mund ungläubig geöffnet hatte, schloss ihn wieder.

»Okay, das ist Laura und ich bin Nick«, antwortete ich an ihrer Stelle. »Aber sie hat recht, wer bist du? Ich hab' dich hier noch nie gesehen.«

Richard lächelte. »Das liegt vielleicht daran, dass ihr gerade in Miss Christies Welt seid. Ich bin hier seit … ach egal.«

»Miss Christies Welt«, fuhr Laura dazwischen. »Was soll das nun schon wieder heißen? In was für eine Scheiße hast du mich nur reingezogen, Nick?« Sie boxte mir gegen den Oberarm.

»Autsch! Und was soll ich denn sagen? Wer wollte mir denn die ganze Zeit nicht glauben und hat mit meinem Handy herumgespielt?«

»Hört auf zu streiten! Das bringt doch alles nichts. Ich will euch helfen. Für mich und die anderen ist es leider zu spät.«

»Anderen? Zu spät?«, hakte ich nach und fühlte mich, als lege sich ein unsichtbares Band um meinen Hals.
»Natürlich gibt es andere. Oder meintest du tatsächlich, du wärst ihr einziger Lieblingsschüler?«
»Das heißt, du bist auch einer?« Ich schluckte und kannte im Grunde genommen die Antwort, bevor er nickte.
»Die anderen sind echt froh, weil ihr jetzt in ihrem Fokus steht.«
»Und wie kommen wir von hier wieder weg?« Laura stellte sich neben mich und packte Richard an den Schultern. »Ich … ich will echt einfach nur nach Hause.«
»Das wollen wir alle. Aber hier kommt niemand raus, weil keiner bis jetzt den Fluch brechen konnte.« Er zuckte mit seinen Schultern. »Ihr könnt nur versuchen, immer schön bei ihren Erniedrigungen mitzumachen, dann gibt es auch keine Strafen.«
»Mitmachen?«, wiederholte ich ungläubig und dachte an meinen Albtraum zurück. Der Gedanke bereitete mir augenblicklich Magenschmerzen und ich stöhnte leise auf.
Richard nickte. »Sonst lässt sie dich nachsitzen, und das willst du nicht. Dann holt sie dich ins Lehrerzimmer und jeder, der einmal dort war, kam am Ende verstört heraus und hat nie wieder ein Wort gesprochen.«

Bei seinen Worten lief mir ein eisiger Schauer über den Rücken. »Deswegen wollte ich euch auch warnen. Heute lässt sie es euch nochmal durchgehen, aber ab morgen …«
»Morgen?«, quiekte Laura, »Ich will aber nach Hause. Nicht morgen, sondern jetzt. Meine Mutter …«
»Wird dich wohl kaum vermissen«, antwortete Richard und vervollständigte ihren angefangenen Satz. »Unsere Eltern haben ihr die Erlaubnis erteilt und können nichts mehr dagegen machen.«
»Meine Mutter würde aber doch niemals …« Der Rest blieb mir im Hals stecken. »Sie will dir nur helfen« – ihre Worte dröhnten in meinen Ohren.
»Und meine sicher auch nicht«, quiekte Laura. »Ich hab' damit doch überhaupt nichts zu tun. Ich …«
»Bist du hier?«, würgte Richard sie ab.
»Ja, schon, aber …«
»Kein Aber. Find dich damit ab!« Mit diesen Worten drehte er sich um und schritt kopfschüttelnd zur Tür.
»Warte mal!«, rief ich ihm nach, aber er warf mir nur einen mitleidigen Blick über die Schulter zu und sagte: »Tut mir echt leid, aber Miss Christie wird verdammt wütend, wenn wir uns gegenseitig helfen.«
»Und jetzt?« Laura stellte sich neben mich und sah genauso erschrocken aus, wie ich mich fühlte.

Ich wusste keine Antwort auf ihre Frage. »Woher soll ich das wissen?«, fuhr ich sie deshalb an.
»Wem haben wir denn diesen Mist zu verdanken?«
Ich stemmte wutschnaubend die Hände in die Hüften und funkelte sie böse an. »Hab' ich dir nicht die ganze Zeit gesagt, dass Miss Christie eine Hexe ist, die es auf mich abgesehen hat?«
Laura blickte betreten zu Boden und nickte.
Einen Moment überlegte ich, ob ich es einfach bei diesen wenigen Worten belassen sollte, denn ein Streit würde absolut nichts bringen. Doch in mir brodelte es und mein Herz raste, sodass ich kaum noch einen einzelnen Schlag wahrnahm. Gleichzeitig war mir speiübel und ich bekam kaum noch Luft. »Du und deine Fantasien«, äffte ich Laura nach. »Ganz ehrlich?«
Ich kniff die Lippen zusammen und sah sie aus den winzigen Schlitzen meiner fast geschlossenen Augenlider an. »Sieh zu, wie du hier allein rauskommst, Miss Oberschlau!«
Ohne ein weiteres Wort ließ ich sie einfach stehen. Meine Hand lag schon auf der Klinke, als Laura hinter mir flüsterte:
»Es tut mir leid, Nick. Es ist ... ich hab' doch nur ...«
Angst, beendete ich ihren Satz für mich selbst.

Ja, die verspürte auch ich. Die Vorstellung, für wer weiß wie lange Zeit Miss Christies Lieblingsschüler zu sein, hatte mich voll und ganz im Griff. Am liebsten hätte ich mich heulend in die nächste Ecke verkrochen und ganz laut nach meiner Mutter gerufen. Bei dem Gedanken verpuffte meine Wut wieder.

Ich seufzte und ging zu meiner Freundin zurück. »Mir auch«, murmelte ich. »Mir tut's auch leid.«

Wir ließen uns hinter dem Tisch nieder. Falls Miss Christie zurückkam, waren wir dort nicht auf dem Präsentierteller. So dicht bei mir, spürte ich, wie Laura am ganzen Körper zitterte.

Schweigend hingen wir eine Weile unseren Gedanken nach. Wobei sich meine unentwegt im Kreis drehten. Wie kamen wir hier raus? Wie konnte so etwas überhaupt sein? Warum musste es ausgerechnet mir passieren? Und weshalb hatte Laura mir nicht geglaubt?

»Und nun?«, stellte ich endlich die Frage, die uns beide am meisten beschäftigte.

»Ich will auf keinen Fall hierbleiben«, antwortete meine Freundin, als hätte sie mich nicht gehört. »Wir … und dieser Junge …« Sie atmete tief ein und ganz langsam wieder aus, ehe sie weitersprach. »Von was für einem Fluch hat er eigentlich gesprochen?«

»Von Miss Christies!«, antwortete jemand.

Laura und ich zuckten zusammen, als wir Richards Stimme vernahmen. Keiner von uns hatte gehört, dass er zurückgekommen war.

Während sich mein Herzschlag wieder normalisierte, hockte er sich zu uns auf den Boden.

»Ich bin fast nie zur Schule gegangen, und wenn, dann ohne Hausaufgaben«, erzählte er. »Caitleen kam grundsätzlich zu spät, da sie eine absolute Träumerin war, und auch noch immer ist. Und Josh hat seinen Mitschülern permanent Prügel angedroht, wenn sie ihn nicht abschreiben ließen. Tja, und Betty war einfach nur rotzfrech.« Er hielt inne und sah mich einen Moment nachdenklich an. »Jeder von uns war alles andere als ein Musterschüler. Deswegen ...«

»Ich war aber eine Vorzeigeschülerin«, warf Laura aufgeregt ein. »Nick hingegen ...«

»Darauf wäre Richard auch von alleine gekommen«, brummelte ich beleidigt.

»Bis jetzt hat es jedenfalls noch keiner von uns wieder nach Hause geschafft. Aber ich habe gehört, dass jedes Jahr zu Halloween ein Jahrmarkt in der Stadt ist. Und dort soll eine Hexe sein, die den Fluch brechen kann. Arthur hat es als Einziger probiert. Zu fliehen, meine ich.

Er wurde allerdings geschnappt, bevor er überhaupt das Gebäude verlassen hat und bekam als Strafe eine besondere Nachhilfe. Seitdem …«
Richard sah betreten zu Boden. »Ihr könntet es versuchen. Aber wenn sie euch erwischt, dann …«
Das Unausgesprochene, das Nachsitzen, hing in der Luft und lähmte mich.
»Aber hier rumsitzen und Däumchendrehen ist auch keine Option.« Laura durchbrach die Stille und blickte mich fest entschlossen an.
»Wie lange bist du eigentlich schon hier?«, fragte ich Richard und betete inständig, dass es noch nicht allzu lange war.
»Seit dem Jahr 1928.«
»Das ist ja …«
Erst jetzt drangen die Worte so richtig zu mir durch und ich sah den Jungen entsetzt an. Auf keinen Fall wollte und würde ich fast 100 Jahre hier verbringen. Eine Woche wäre schon Horror genug.
»Also gut, dann probieren wir es.«
Ich sah von Richard zu Laura und hoffte, dass einer von den beiden einen annehmbaren Plan für unser Vorhaben hatte, denn mein Kopf war so gut wie leergefegt.

Als hätte Richard meine Gedanken gelesen, erhob er sich und lief zur Tür. Er spähte in den Flur und winkte uns, ihm zu folgen.
»Wir müssen leise sein und uns vor allem beeilen. Wenn sie uns erwischt, sind wir alle drei dran.«
Richard ging voran, Laura war in der Mitte und ich bildete das Schlusslicht. Vom Chemielabor führte er uns den Flur entlang in Richtung Klassenzimmer, aus dem kein Mucks an unsere Ohren drang. Trotzdem raste mein Herz und ich rechnete fest damit, dass Miss Christie die Tür aufstieß, während wir daran vorbeigingen. Erst als wir zwei Klassen weiter waren, verschwand die Panik wieder. Unser Weg führte vorbei an der Aula in Richtung Sporthalle. Doch kurz vorher bog Richard ab und blieb vor einer Putzmittelkammer stehen.
»Hier hat Arthur versucht zu fliehen«, flüsterte er. »Er hat sich einen Besen genommen und damit die Scheibe eingeschlagen. Aber das war leider viel zu laut«, erklärte er uns.
Laura und ich nickten synchron.
»Warum ist er nicht einfach durch die Tür gegangen?«, hakte Laura nach und sprach damit den gleichen Gedanken aus, der mich gerade selbst beschäftigte.

Richard schüttelte den Kopf und zog beide Augenbrauen hoch, als hätten wir eine dämliche Frage gestellt. »Weil die natürlich verschlossen ist!«

»Oh, na klar«, entschlüpfte es mir eine Spur zu laut.

»Pst«, zischte Richard, aber anscheinend war ich zu laut gewesen, denn plötzlich donnerte Miss Christies eiskalte Stimme durch die Flure: »Nicholas, so langsam werde ich ungeduldig.«

Neben mir zuckte Richard zusammen, als er den Tonfall vernahm, und aus seinem Gesicht wich sämtliche Farbe. Doch dann schien er sich wieder zu beruhigen und deutete aufs Jungenklo.

Ich öffnete die Tür und wartete, bis die anderen beiden durchgeschlüpft waren, ehe ich sie leise zurück ins Schloss fallen ließ. Ratlos standen wir vor den Kabinen. Die erste Tür – da würde sie sicherlich auch zuerst nachschauen. Besser die in der Mitte? Am Ende zwängten wir uns alle in die dritte Toilettenkabine auf der linken Seite. Zwei Leute hatten schon wenig Platz auf der Kloschüssel, aber mit drei Personen? Da mussten wir verdammt aufpassen, um nicht umzukippen.

Dann lauschten wir. Zuerst war nichts zu hören, aber dann hörte ich irgendwann leise Schritte, die näher kamen.

Neben mir versteifte sich Laura vor Angst. Draußen im Flur wurde es still und wenig später ging die Tür auf.

»Nicholas, komm schon raus. Ich habe nicht die geringste Lust mehr zu spielen.« Ihre Stimme duldete keinen Widerspruch. Jetzt hörten wir, wie sie mehrere der Toilettentüren aufriss.

»Sie ist gar nicht hier. Sie ist nebenan auf der Mädchentoilette«, wisperte Richard und sprach damit meine eigenen Überlegungen laut aus. Doch gleich würde sie mit Sicherheit hier nachsehen.

Und genau in dem Moment hörten wir auch schon die Tür zum Jungsklo aufgehen. Vor Schreck stecke ich mir, wie ein kleiner Junge, den Daumen in den Mund und biss fest darauf. So würde ich zumindest nicht unbeabsichtigt einen Laut von mir geben können, der uns unter Umständen verriet.

»Nicholas, das ist deine letzte Chance.«

Schon hörten wir, wie die erste Kabinentür geöffnet wurde. Dann eine weitere, und noch eine. Gleich war unsere an der Reihe, es war nur eine Frage von Sekunden.

Doch es blieb überraschenderweise plötzlich ruhig, nur ein leises Rascheln ertönte.

Ob sie sich gebückt hat?, fragte ich mich, wagte aber nicht, mich zu bewegen. Schon das kleinste Geräusch würde uns verraten, davon war ich überzeugt. Es raschelte wieder, ein Seufzen ertönte und dann wurde die Tür zum Flur geöffnet. Als sie mit einem satten Klicken im Schloss landete, fiel innerhalb eines Sekundenbruchteils sämtliche Anspannung von mir ab und ich atmete erleichtert aus. Erst jetzt bemerkte ich, dass meine Lungen richtig brannten, so lange hatte ich die Luft angehalten.

»Ich dachte echt, das war's«, flüsterte Laura und Richard nickte bestätigend.

Eine Minute, vielleicht waren es auch zwei, warteten wir, dann meinte unser Begleiter: »Wir sollten schleunigst von hier verschwinden und nach einem Weg suchen, wie ihr hier herauskommt. Ich hab' auch schon eine Idee.« Er sprang von der Toilettenschüssel und blieb vor der verschlossenen Tür stehen. »Sagt mal, hat einer von euch eigentlich darauf geachtet, in welcher Richtung ihre Schritte verschwunden sind? Ich habe nämlich keine Lust, ihr direkt in die Arme zu laufen.«

Gute Frage. Ich wusste es ehrlich gesagt nicht, da ich einfach viel zu erleichtert gewesen war, um auf solch ein Detail zu achten. Laura scheinbar auch, denn sie schüttelte ebenfalls den Kopf.

»Dann müssen wir besonders vorsichtig sein. Seid ihr bereit?«

Nein, ich war alles andere als vorbereitet, kletterte aber nach Laura ebenfalls von der Schüssel. Jetzt war es wieder kaum möglich, die Tür zu öffnen, aber irgendwie schafften wir es dann doch und traten aus der Kabine. Und dann geschah alles zur selben Zeit.

Im Spiegel über den Waschbecken sah ich Miss Christie, mit einem fiesen Grinsen auf den Lippen. Laura keuchte panisch und Richard blieb so abrupt stehen, dass ich ihn anrempelte.

»Ah, da seid ihr ja. Ich hab' doch gesagt, ihr entkommt mir nicht.« Miss Christie bedachte jeden von uns mit einem eiskalten Blick. Mich besonders lange. Sofort stellten sich meine Nackenhaare wieder auf, so durchdringend musterte sie mich. Als sie dann endlich Richard ansah, war ich heilfroh. »Ich wusste doch, dass ihr Hilfe bekommen habt. Aber ausgerechnet du, Richard? Du enttäuschst mich«, tadelte sie ihn.

»Ich ... ich ... also ...«, stammelte dieser und sah uns dann mit stechendem, beschwörendem Blick an. »Lauft!«, schrie er und machte einen großen Satz nach vorne. Damit hatte Miss Christie nun nicht gerechnet. Richards Schulter traf sie unvorbereitet an der Brust und ließ sie straucheln.

Eine ganze Sekunde brauchte ich, bis meine Beine mir endlich gehorchten, dann sprintete ich los und folgte Richard und Laura in den Flur.

Blindlings lief ich den beiden nach, während hinter uns Miss Christies Stimme durch die Flure halte. »Lauft ruhig davon. Am Ende gewinne ich sowieso!« Das heisere Lachen, das sie zum Besten gab, ließ mein Herz rasen.

»Und nun?«, rief ich den anderen zu und erhöhte dabei mein Tempo, um aufzuschließen. »Jemand … eine … Idee?«, fragte ich, als ich, laut nach Luft ringend, mit ihnen auf gleicher Höhe war.

»Nein, keine Ahnung«, gab Richard zu. »Erstmal brauchen wir ein Versteck, wo sie uns nicht findet.«

»Ein Ort, wo sie uns definitiv niemals suchen würde?«, mischte sich Laura ein und ich konnte in ihren Augen lesen, dass sie eine Idee hatte. Sie grinste breit und bedeutete uns mit einer einfachen Handbewegung, ihr zu folgen. Fünf Minuten und zahlreiche Umwege später standen wir vor der Tür zum Lehrerzimmer.

»Was soll das denn?«, fragte Richard, der direkt neben Laura zum Stehen kam. Er bedachte sie anfangs mit einem skeptischen Blick, der sich aber mit einem Mal änderte. »Oh, ja, das ist gut. Verdammt gut.«

Schon öffnete er leise die Tür und hielt sie für uns auf. Laura schlüpfte durch den Spalt, während ich wie angewurzelt stehenblieb. »Das ist keine gute Idee«, murmelte ich.

Laura schüttelte ihren Kopf. »Natürlich ist das eine gute Idee«, zischte sie. »Überleg doch mal, wer würde sich schon genau hier verstecken? An einem Ort, an dem niemand sein will?«

Im ersten Moment wollte ich ein weiteres Mal widersprechen, aber irgendwie klang es dann doch logisch, was sie sagte. Also nickte ich und schlüpfte zu den beiden ins Lehrerzimmer.

Der Raum war völlig anders, als ich ihn in Erinnerung hatte. Statt vieler Tische stand nur ein Einzelner in der Mitte des Raums, der direkt an die Rückwand eines uralten Schrankes geschoben war, umgeben von einer überdimensionalen Tafel, die wirklich den gesamten Raum einnahm. Selbst der Fußboden und die Decke bestanden aus einer. Ja sogar da, wo sonst die Fenster waren, befand sich eine grüne Fläche. Und jede noch so kleine Stelle auf ihnen war übersät mit Bruchrechenaufgaben. Im künstlichen Licht der Neonlampen wirkte das alles surreal und beängstigend. Kein Wunder, dass niemand hier ein zweites Mal nachsitzen wollte. Ich schluckte betroffen und verspürte eine unangenehme Enge im Brustbereich. Jede Faser meines Körpers hatte nur einen Wunsch: Raus aus diesem Raum.

»Leute, ich ... ich hab' echt kein gutes Gefühl«, stammelte ich und drehte mich wieder zur Tür. Meine Hand, die nach der Klinke greifen wollte, fasste jedoch ins Leere. Da war keine Tür mehr, sondern nur noch eine vollgekritzelte Tafel. Ich keuchte laut, während meine Augen hektisch über die Stelle flogen, an der gerade noch die Tür gewesen war. Aber da war nichts mehr davon zu sehen. Nicht einmal Rillen, die andeuteten, dass es dort soeben noch einen Eingang gegeben hatte. Ich wandte mich wieder meinen Begleitern zu. Ihre Augen waren genauso ungläubig aufgerissen wie meine.

»Da ... wo ... ist die verdammte Tür?« Laura stürzte an mir vorbei und tastete mit fahrigen Bewegungen die Tafel ab. Dabei verwischte sie die Zahlen und ihre Hände verfärbten sich weiß von der Kreide. Doch die Tür blieb nach wie vor verschwunden. Selbst als Richard sich neben Laura stellte und versuchsweise gegen die Tafel trommelte, tauchte sie nicht wieder auf.

Wir saßen in der Falle. Wenn Miss Christie kam — und sie würde früher oder später kommen — gab es nur noch ein Versteck, nämlich den Schrank, an dem der einzige Tisch lehnte.

Mein Herz raste jetzt so schnell, dass ich kaum noch spürte, geschweige denn unterscheiden konnte, wann ein Schlag anfing oder endete. Das Blut rauschte nur so in meinen Ohren und ich fühlte mich, als befände ich mich gar nicht mehr in meinem Körper. Doch trotzdem gehorchten meine Beine, als ich in Richtung Schrank ging.

Ich war noch nicht ganz angekommen, als ich Laura hinter mir laut aufschreien hörte. »Leise!«

Sofort verharrten wir alle. Laura, die noch immer vor der Tafel stand, Richard, der inzwischen auf dem Fußboden saß, und ich mit der Hand an der Tür zum Schrank.

Im Lehrerzimmer war es plötzlich so still, dass wir eine Stecknadel hätten fallen hören. Ich begann mich gerade zu fragen, warum wir eigentlich leise sein sollten, als Laura langsam rückwärts in meine Richtung ging und Richard sich wie in Zeitlupe erhob.

Ja, erst dann hörte ich das gedämpfte Rascheln, begleitet von zügigen Schritten, die näherkamen. Uns blieb keine Zeit mehr. Miss Christie kam schneller auf uns zu als gedacht. Bevor ich überlegen konnte, was ich tat, riss ich kurzerhand den Schrank auf.

Kreide. Was hätte auch sonst darin aufbewahrt werden sollen? Fein säuberlich lagen sie dort bis ganz nach oben. Trotzdem war noch etwas Platz.

Also zwängte ich mich hinein und versuchte, mich so klein wie möglich zu machen. Laura und Richard kletterten zu mir, bis wir wie Ölsardinen ineinander verknotet dastanden. Richard schloss die Tür im gleichen Moment, in dem die Tür des Lehrerzimmers geräuschvoll geöffnet wurde.
Hatte Miss Christie uns noch gehört?
Ich hielt die Luft an und versuchte, den Geräuschen draußen vor dem Schrank zu lauschen, aber ich hörte nur mein eigenes Blut in den Ohren rauschen.
Ein paar Minuten vergingen — vielleicht waren es auch nur Sekunden — und meine Augen gewöhnten sich langsam an die Dunkelheit, die in dem Möbelstück herrschte. Hier war es bei weitem nicht so finster wie in dem Schrank im Chemielabor. Durch die Scharniere und Ritzen drangen schmale Lichtstrahlen, sodass ich die Umrisse von Lauras Kopf und vereinzelt umherfliegende Staubpartikel erkennen konnte. Noch immer war Miss Christie nicht in der Nähe des Schranks angekommen.
Ganz langsam beruhigte sich mein Herzschlag wieder, während ich von draußen leises Gemurmel vernahm. Sofort richteten sich die kleinen Härchen auf meinen Armen auf. Sprach sie etwa einen Zauber aus, um uns zu finden? Die Zeit verstrich und nichts passierte.

Meine Beine wurden schwer und nur zu gerne hätte ich mich hingesetzt. Konnte die verfluchte Hexe nicht endlich verschwinden? Dann könnten wir raus hier und uns wenigstens die Füße ein wenig vertreten, während wir nach einer Fluchtmöglichkeit suchten. Ich dachte noch nach, als ich Laura spürte, die sich ein paar Millimeter bewegte und ihr Standbein verlagerte.

Sofort wirbelten unzählige Staubpartikel durch die Luft. Die ohnehin stickige Luft wurde dadurch noch unerträglicher, und bevor ich überhaupt merkte, wie mir geschah, spürte ich schon ein Kribbeln in meiner Nase.

Nein!

Ich kräuselte die Nase und hielt ein paar Sekunden die Luft an. Aber egal, was ich auch probierte, es wurde genau genommen immer schlimmer. Das Kribbeln stieg höher und ich konnte unmöglich meinen Arm heben, um mir die Nase zuzuhalten.

Gerade wollte ich meine Nase in Lauras Haar vergraben, als es doch passierte. Ein leises ›Kiuk‹ ertönte.

Cool, da hatte ich ja noch mal Glück gehabt.

Ich wandte mich von Laura ab, als ich erneut ein Kribbeln verspürte. Doch diesmal konnte ich ein Niesen leider nicht verhindern. Ein lautes ›Hatschi!‹ fegte aus meiner Nase.

Ich hatte noch nicht einmal fertig geniest, da hörte ich auch schon Schritte, die sich dem Schrank näherten.
Meine Angst war augenblicklich zurück und lähmte mich.
Neben mir versteifte sich Laura und Richard sog lautstark Luft ein.

11

Mit einem schnellen Ruck wurde die Schranktür aufgerissen. Ich schloss die Augen und rechnete mit dem Schlimmsten. Zur gleichen Zeit hörte ich einen lauten, panischen Schrei. Schrill und erfüllt von Todesangst. Erst als mein Hals schmerzte, merkte ich, dass nicht nur Laura und Richard schrien, sondern auch ich.

»Jetzt reicht's aber.«

Eine Stimme, freundlich und dennoch bestimmt, ertönte und brachte uns alle drei augenblicklich zum Schweigen. Ich öffnete die Augen und statt Miss Christie stand eine junge, bildschöne Frau vor uns. Ich schätzte sie auf Mitte zwanzig. Im Gegensatz zu meiner Lehrerin hatte sie blonde Haare, die ihr bis zur Hüfte reichten. Und sie trug, vor allem keine schwarzen altmodischen Kleider, sondern eine weiße Bluse, ein braunes Korsett und einen bodenlangen Rock in einer ähnlichen Farbe.

»Was geht hier vor? Wo sind wir?« Laura hatte sich als Erste wieder einigermaßen gefasst.

»Das würde ich auch gerne wissen.« Die junge Frau sah uns amüsiert an. »Ich meine, immerhin seid ihr hier in meinem Wohnwagen und steckt in meinem Schrank!«

Erst jetzt bemerkte ich, dass wir uns nicht mehr im Klassenzimmer aufhielten, sondern in einem kleinen, spärlich beleuchteten Raum, in dem ein runder Tisch und drei ältere Stühle standen. Auf der Tischplatte befand sich eine Kristallkugel.

»Egal, ihr zwei kommt jetzt erstmal aus meinem Schrank heraus und dann sehen wir weiter.«

Zwei?

Ich drehte mich irritiert nach links und dann nach rechts, aber da war nur Laura, die sich genauso verwirrt umsah. Richard war verschwunden. Aber wo war er hin? Hatte Miss Christie ihn geschnappt und in ihrer Albtraumwelt festgehalten?

»Kommt ihr endlich?«, fragte die unbekannte Frau und riss mich aus meinen Gedanken. Meine Beine zitterten, als ich aus dem Schrank trat.

»Setzt euch! Wollt ihr etwas trinken?« Sie wartete unsere Antwort gar nicht erst ab, sondern verschwand hinter einem Perlenvorhang, um kurz darauf mit drei Flaschen Cola zurückzukommen.

»Also, dann erzählt mal. Was habt ihr in meinem Wohnwagen zu suchen oder, besser gesagt, in meinem Schrank. Und wie lange seid ihr da überhaupt schon drin?«

Mein Herz raste und ich sah von Laura zu der Frau und wieder zurück. Was sollte ich antworten? War sie etwa Miss Christie in einer neuen Gestalt?

Ich meine, sie war schließlich eine Hexe. In meinem Kopf rasten die Gedanken nur so durcheinander.

Die Frau seufzte. »Okay, dann probieren wir es anders. Also, ich bin Calypso und wer seid ihr?«

»Ca … Calypso?«, fragte ich mit einem unüberhörbaren Zittern in der Stimme. »Die Wahrsagerin? Die vom Jahrmarkt?«

Sie nickte freundlich. »Das solltet ihr aber doch eigentlich wissen, immerhin seid ihr hier in meinem Wagen. Aber egal. Jetzt bin ich an der Reihe – wer seid ihr?«

»Ich … ich bin Nick und das ist meine beste Freundin Laura. Eigentlich war da noch ein Junge namens Richard bei uns, aber der ist wohl ganz plötzlich einfach so verschwunden. Vielleicht hat Miss Christie …«

»Genau!«, platzte Laura mitten in meinen Satz hinein. »Wir waren in der Schule und sind vor ihr geflüchtet. Und Richard wollte uns helfen, den Fluch …«

»Stop!« Calypso hob die Hände. »Ich verstehe kein Wort und würde das gerne ändern. Was haltet ihr davon, wenn ihr beide erst einmal tief durchatmet und mir dann in Ruhe, und vor allem der Reihe nach, erzählt, was hier los ist.«

Ich seufzte. Womit sollte ich bloß anfangen? Das Beste war wohl, ich begann ganz von vorne.

Ich atmete, wie von Calypso vorgeschlagen, tief ein und erzählte ihr dann nach und nach alles, was passiert war, bis zu der Stelle, an der wir in der Schule gelandet waren und plötzlich in ihrem Schrank standen.

»Ganz genau so war das«, bestätigte Laura, als Calypso uns mit großen Augen anblickte. »Es klingt verrückt, ich weiß. Ich wollte Nick am Anfang auch nicht glauben, aber alles, was er gerade erzählt hat, stimmt. Sie müssen uns helfen! Sie können uns doch helfen, oder?«

»Du, oder besser gesagt ihr, glaubt also, dass diese Miss Christie dein Handy verflucht hat?«

Laura und ich nickten eifrig.

»Na schön, aber wie soll ich euch nur helfen? Ich habe schon damals zu Kimberly gesagt, dass ich gegen sowas machtlos bin. Nur eine Hexe, die so einen Fluch ausgesprochen hat, kann ihn auch wieder aufheben.«

»Aber …«, ich sah zu Laura, »Miss Christie wird niemals diese Verwünschung rückgängig machen.«

»Und jetzt?«, fragte Laura und wirkte genauso verzweifelt, wie ich mich fühlte. »Wir können wohl kaum einfach so in die Schule zurückspazieren und sie bitten, den Bann aufzuheben. Sie lässt mich noch nicht mal aus dem Spiel, obwohl ich damit überhaupt nichts zu tun habe.«

»Woher soll ich denn wissen, was wir machen könnten?« Meine Stimme klang aggressiver als geplant. Laura sah mich entsetzt an, weswegen ich seufzend hinzufügte: »Tut mir echt leid, Laura, aber ich hab' wirklich keine Ahnung.«
»Leute, es gibt eine Möglichkeit«, mischte sich Calypso in das Gespräch ein. »Weißt du, was du eventuell falsch gemacht hast? So einen Fehler könnte ich korrigieren, dann würde der Fluch automatisch enden.«
»Hab' ich etwa eine Zeitmaschine?«, antwortete ich gereizt.
»Jetzt mecker' sie doch nicht gleich an«, blaffte mich Laura an. »Sie versucht, uns doch nur zu helfen. Und du …«
»Es reicht!« Calypsos scharfe Stimme brachte uns beide augenblicklich zum Schweigen. »Beruhigt euch. Es bringt gar nichts, wenn ihr euch jetzt gegenseitig mit Worten zerfleischt.«
Sie erhob sich und begann, mit einem nachdenklichen Gesichtsausdruck, im Wohnwagen hin und her zu laufen. »Tut es dir denn leid?«, fragte sie mich nach ein paar Minuten und blieb stehen. »Du hast mir vorhin erzählt, dass du sie während des Unterrichts gefilmt und dieses Video auf sozialen Netzwerken hochgeladen hast. Vielleicht ist das der Grund, warum sie dich verflucht hat. Bereust du denn deine Tat?«

»Natürlich«, antworte ich und nickte eifrig. »Ich meine, hätte ich sonst mein Handy verschenkt oder es verkauft? Ich wollte nichts mehr damit zu tun haben.«
»Aber so richtig um Verzeihung hast du sie nicht gebeten?«
»Doch …«, begann ich und brach ab. Calypsos Frage verunsicherte mich. Hatte ich mich bei Miss Christie entschuldigt? Für das Video hatte ich es auf jeden Fall getan, aber sonst? Je länger ich darüber nachdachte, umso sicherer war ich mir, dass ich es nicht getan hatte.
Warum eigentlich nicht? Normalerweise entschuldigte ich mich für jede Kleinigkeit.
Überrascht durch diese Erkenntnis sah ich Calypso an und schüttelte den Kopf. »Ich … ich glaube aber auch nicht, dass es irgendetwas gebracht hätte«, warf ich zu meiner Verteidigung ein. »Ich … ich meine, am Anfang hab' ich mich noch entschuldigt.« Ich sah Mitleid heischend zu Laura. »Bei dem Video habe ich es doch gemacht, weißt du noch? Da meinte Miss Christie aber, ich solle mir meine Entschuldigung sparen.«
»Ja«, stöhnte Laura, »weil nicht einmal deine Mutter dir dieses Gestammel abgekauft hätte.«
»Na, siehst du. Da haben wir eventuell auch schon die Lösung. Vielleicht solltest du dich einfach richtig bei Miss Christie entschuldigen.« Calypso klatschte begeistert in die

Hände. »Was haltet ihr davon? Ich begleite euch gerne zu eurer Lehrerin. Dann bittest du sie richtig um Verzeihung, und wenn das nichts hilft, rede ich mit ihr. So von Hexe zu Hexe. Wäre doch gelacht, wenn wir diesen Fluch nicht aufgehoben bekämen.« Sie schenkte mir ein ehrliches Lächeln. »Ihr habt Glück. Heute ist eh nicht viel los hier und mein Sohn Jaydon ist bei meiner Schwester. Ich zieh mir aber kurz was Bequemeres an, bevor wir losgehen, einverstanden?« Mit diesen Worten verschwand sie hinter einem dunklen Vorhang.
»Ich schwör dir, wenn es wirklich so einfach ist«, zischte Laura und boxte mir dabei in die Seite, »dann dreh ich dir den Hals um, weil du Idiot nicht selbst darauf gekommen bist.«
Bevor ich etwas erwidern konnte, kam Calypso zurück. »Bereit?«
Wenn ›bereit sein‹ bedeutete, dass man sich vor Angst fast in die Hose machte, das Herz heftig gegen die Rippen schlug und die Kehle sich wie zugeschnürt anfühlte - ja, dann war ich bereit.
»Wird schon gutgehen«, meinte Calypso und wandte sich zur Tür.
Doch mit einem Mal schien die Zeit wie eingefroren. Calypso erstarrte zur Salzsäule, die Kerze auf dem Tisch

flackerte nicht mehr und von draußen drang keinerlei Geräusch an unsere Ohren. Irgendwas stimmte nicht. Sofort kehrte meine Panik zurück, als ich mich in der um uns unbeweglichen Welt umsah.

»Nick, was passiert denn jetzt schon wieder?«, fragte Laura leise.

»Ich …«

Ihr greller Schrei ließ mich zusammenzucken. Aus Lauras Gesicht war sämtliche Farbe gewichen, während sie mit weit aufgerissenen Augen auf die Tür starrte. Widerwillig folgte ich ihrem Blick, spürte, wie meine Beine nachgaben und ich unsanft auf einem Stuhl landete.

»Na, hast du mich vermisst?« Miss Christie kicherte irre und bedachte mich mit ihrem eiskalten Augenpaar.

Du musst dich entschuldigen!

Bis auf diese Worte war mein Kopf wie leergefegt. Ich öffnete den Mund, bekam aber keinen einzigen Ton heraus. Meine Nerven flatterten und ein Gefühl von Leere breitete sich in meinem gesamten Körper aus. Ich schnappte wie ein Fisch an Land nach Luft, versuchte, die schnell aufsteigende Panik unter Kontrolle zu bekommen, aber es gelang mir nicht. Je verzweifelter ich einatmete, umso weniger Luft drang in meine Lungenflügel. Mein Herz hämmerte brutal gegen die Rippen und ich hatte das Gefühl, als würde mein ganzer Körper plötzlich nur noch aus Zuckerwatte bestehen.

Endlich gelang es mir, zu reagieren. »Miss Christie«, krächzte ich mit brüchiger Stimme, die mir nicht zu gehören schien. »Es … es tut mir wirklich sehr leid … Ich … ich möchte mich entschuldigen. Für alles … Ich …«

Miss Christie trat einen Schritt nach vorn, beugte sich in meine Richtung und flüsterte: »Denkst du allen Ernstes, dadurch wird alles wieder gut?« Sie richtete sich auf und stieß ein hysterisches Lachen aus, das den ganzen Raum erfüllte. Es dauerte fünf oder sechs Sekunden lang an, dann endete es so abrupt, wie es angefangen hatte. »Ich hab' dir doch gesagt, dass das meine Welt ist und du mir nicht entkommst«, spie sie mir entgegen. Ich zuckte innerlich zusammen. Laura, die noch immer neben mir stand, krallte ihre Fingernägel in meine Schulter.

»So, ich denke, wir hatten genug Spaß«, murmelte Miss Christie kichernd. »Kommen wir jetzt zum Ernst des Lebens.« Sie stellte sich vor uns und schnipste ein einziges Mal laut mit den Fingern.

Die Zeitspanne eines Wimpernschlags, der aber alles veränderte. Eben noch im Wohnwagen, befanden wir uns im nächsten Moment wieder in unserem Klassenzimmer. Genauer gesagt, standen wir direkt am Lehrertisch. Miss

Christie lehnte, etwa einen Meter von uns entfernt, an der Tafel und bedachte uns mit einem fiesen Grinsen. »Wo waren wir stehengeblieben?«, meinte sie, und fing erneut an hysterisch zu lachen.

»Wie dumm ihr doch alle seid«, ertönte in diesem Moment eine Stimme.

Richard.

Laura warf mir einen panikerfüllten Seitenblick zu, während wir über unsere Schultern hinter uns blickten. Ein eiskalter Schauer erfasste mich, doch im nächsten Moment wurde mir unglaublich heiß.

Das konnte doch gar nicht wahr sein.

Ich zitterte am ganzen Körper. Hinter uns standen fünfzig, vielleicht sogar hundert, Kinder. Und alle starrten uns schweigend an.

Ich hatte jedoch nur für eine Person Augen, die zwei Schritte vor den anderen stand und uns breit angrinste: Richard.

»Das hat echt Spaß gemacht. Ihr hättet mal eure Gesichter sehen sollen, als Miss Christie aufgetaucht ist.« Er lachte und die Jungen und Mädchen hinter ihm stimmten mit ein.

Ein lauter Knall unterbrach das Gelächter abrupt. Miss Christie und ihr berühmtes Lineal, dachte ich und wandte mich, gleichzeitig mit Laura, zur Tafel.

»So, genug gelacht. Ich würde sagen, wir fangen mit Mathe an.«

Dicht neben meinem Ohr ertönte ein leises Kichern, das konstant anschwoll. »Mathe«, gluckste jemand. »Mathe ... Und das alles nur wegen dir.« Laura ließ meinen Arm los und stützte sich auf dem Pult ab. »Ich - will – nach Hause.«

»Ich will nach Hause«, äffte Richard sie nach und sofort sprachen die anderen Kinder im Chor seine Worte nach.

»Es reicht«, funkte Miss Christie nach einer gefühlten Ewigkeit dazwischen. »Hier geht niemand nach Hause.«

Sie wandte sich an Laura. »Wie ich bereits sagte – mitgehangen, mitgefangen. Und jetzt fangen wir endlich an!«

»Ja, anfangen«, keuchte ich und sah nur noch Miss Christie. Alles andere um mich herum nahm ich nicht mehr wahr. Ich beobachtete, wie sie ihre Lippen bewegte, hörte aber nur noch meinen eigenen Herzschlag und das Blut in meinen Ohren rauschen.

»Anfangen«, wiederholte ich immer wieder und in meinen Fingerspitzen begann es leicht zu kribbeln.

Rasend schnell breitete sich dieses unangenehme Gefühl dann im gesamten Körper aus. Gleichzeitig wurde mir speiübel und ich spürte Galle in meiner Kehle hochsteigen.

»Sie ... Sie lassen Laura jetzt sofort nach Hause«, presste

ich zwischen meinen Lippen hervor. Mein Herz pochte so sehr, dass ich mich ebenfalls auf dem Tisch abstützte. Die ganze Zeit über ließ ich Miss Christie aber nicht aus den Augen. »Ich habe mich scheiße benommen, das gebe ich zu. Das ...«, sagte ich und holte etwas aus meiner Jackentasche, »ist mein Handy. Ich hab' Mist gebaut, okay. Aber Laura – die hat nichts damit zu tun.«

Die wenigen Worte hatten mich erschöpft, sodass ich hektisch nach Luft schnappen musste. »Sie wollen unartige Schüler bestrafen? Okay, geht klar. Aber Laura war nie unartig. Jetzt«, keuchte ich, »machen Sie einen Fehler. Außerdem reicht es irgendwann, oder? Ein Hundegesicht? Eine Zombieverfolgung? Haifische? Das allein war doch schon Strafe genug. Und nun soll ich noch was weiß ich, wie viele Jahre, in ihrer Horrorshow Mathe büffeln?« Ich warf einen kurzen Blick auf mein Handy und dann wieder auf Miss Christie. »Ich hab' die Schnauze gestrichen voll.«

»Bist du jetzt fertig?«, fragte die Lehrerin in die danach entstandene Pause.

»Nein, ich ...«, setzte ich an, aber Miss Christie starrte mich wütend an und brachte mich damit zum Schweigen.

»Nicholas!« Ihr Tonfall duldete keinen Widerspruch. »Es ist mir vollkommen egal, was du da von dir gibst, verstehst du? Meinst du nicht, ich habe das alles schon gehört?«

Während sie das sagte, deutete sie auf die anderen Schüler. »Aber in zwei Punkten gebe ich dir recht.«
Sie verstummte und starrte mich mit ihren stechenden Augen an. »Was deine Freundin betrifft, stimmt, was du sagst. Es ist falsch, sie als unartig zu bezeichnen. Aber dank dir habe ich das erste Mal eine gute Schülerin in meiner Welt. Meinst du wirklich, ich kann sie da einfach so gehen lassen?«
Ich nickte und spürte, dass die Wärme, die Lauras Körper neben mir ausgestrahlt hatte, von einer Sekunde auf die andere verschwunden war. Nachdem ich einen kurzen Blick riskierte, wusste ich auch, warum. Sie war weg. Erlöst aus diesem Albtraum.
»Danke«, murmelte ich. Und obwohl mir dadurch die ganze Sache nicht weniger Angst machte, war es, als wäre eine riesige Last von meinen Schultern genommen worden.
Hinter mir ertönte ein leises Räuspern. Als ich mich umdrehte, sah ich Laura. Sie war gar nicht verschwunden, sondern saß auf ihrem Platz, so wie alle anderen anwesenden Kinder. Miss Christie hatte mich hinterlistig reingelegt. Sie würde Laura niemals gehen lassen.
Für einen winzigen Moment knickten meine Beine ein und, hätte ich mich nicht immer noch am Tisch abgestützt, hätte ich mich vor versammelter Klasse auf den Hintern gesetzt.

»Und … und der zweite Punkt?«, fragte ich mit brüchiger Stimme und sah die Lehrerin wieder an.

»Der ist ganz einfach. Er bedeutet, es reicht wirklich. Würdest du also endlich nach vorne kommen und die Aufgabe lösen?«

Ich sah von Miss Christie zur Tafel. 5372819,94:0,8 = Einen Moment lang überlegte ich, mich einfach umzudrehen und zu fliehen. Aber wohin? Ich saß hier auf Gedeih und Verderb fest. Ich war ihr Lieblingsschüler.

Resigniert seufzte ich und begab mich auf wackeligen Beinen zur Tafel. Meine Finger zitterten, als ich nach einem Kreidestück griff. Ein paar Sekunden starrte ich die Aufgabe an. Die Zahlen verschwammen vor meinen Augen, während ich krampfhaft versuchte, mich daran zu erinnern, wie der Lösungsweg aussah. Irgendetwas war da doch mit dem Komma.

»Nicholas?«

Mein Kopf fühlte sich an wie Watte. Ich kam nicht auf die Lösung. Das war viel zu schwer. Ich drehte mich um und sah zu Laura, die mit den Augen rollte und dann lautlos ihre Lippen bewegte.

Was?, fragte ich unhörbar.

Als ich sie immer noch nicht verstand, blickte Laura nach unten und schien mit ihren Augen auf etwas in ihren

Händen zu deuten. Natürlich, sie meinte mein Smartphone. Ich hielt es nach wie vor in der anderen Hand.

Bevor ich richtig registrierte, was ich tat, hatte ich das Handy entsperrt, den Taschenrechner geöffnet und die Aufgabe eingetippt. Ich brauchte nur noch auf das Gleichzeichen zu drücken und schon könnte ich die Lösung unauffällig abschreiben. Miss Christie konnte es unmöglich sehen, so wie ich stand. Es war so einfach.

Ein letzter, heimlicher Blick zu Laura. Sie grinste, nickte mir aufmunternd zu und zeigte unterm Tisch den Daumen nach oben, als wolle sie mir damit mitteilen: Endlich hast du es kapiert.

Ich blickte wieder zum Handy, wo mein Finger über der Taste schwebte, die ich nur noch drücken musste. Doch eine innere Stimme hielt mich davon ab.

Hatte mir dieses verflixte Teil nicht letzten Endes alles eingebrockt? War meine Faulheit nicht das Problem gewesen? Wieder blickte ich zu Laura, die lächelte und mir zuversichtlich zunickte. Die anderen Schüler starrten mit einer Mischung aus Langeweile und *Genervtheit* in meine Richtung. Mein Daumen schwebte noch immer über dem Ergebniszeichen.

Nur ein kurzer Blick aufs Display, vielleicht fällt es dir dann wieder von selbst ein, sagte ich zu mir. Und trotzdem betrügst du.

»Nicholas!« Miss Christies scharfe Stimme riss mich aus meinen Gedanken.

Ich sah zu Laura und schüttelte den Kopf. Dabei ließ ich das Handy still und leise in meine Tasche zurückgleiten. Gleichzeitig drehte ich mich zur Tafel und ... plötzlich wusste ich es: Verschieben! Ich musste das Komma nur verschieben.

Am liebsten hätte ich mir mit der flachen Hand gegen die Stirn geschlagen. Sofort begann ich zu rechnen und spürte, wie sich ein Gefühl von Freiheit in mir ausbreitete. Es fühlte sich so verdammt gut an. Viel besser als hätte ich mein Handy zur Hilfe genommen. Ich grinste.

Als ich fertig war, unterstrich ich das Ergebnis doppelt. Kein schlechtes Gewissen, keine Angst.

Ich sah zu Miss Christie, die ebenfalls lächelte. Und in diesem Moment sah sie auch gar nicht mal mehr so gruselig aus, wie ich zuvor gedacht hatte. Zum ersten Mal bemerkte ich kleine Falten um ihre Augen herum, die leicht durch das ansonsten perfekte Make-up schimmerten. Ein sympathisches Lächeln huschte über ihr Gesicht.

»Gut gemacht, Nick!«

»Äh, danke, Miss ...«

Nick?, hörte ich eine Stimme in meinem Kopf. Bevor ich weiter darüber nachdenken konnte, erfasste mich eine bleierne Müdigkeit, die schlagartig sämtliche Gedankengänge unmöglich machten. Gleichzeitig baute sich ein unbehaglicher Druck in meinem Kopf auf und vor meinen Augen begann sich alles zu drehen. Der Boden schwankte und die Klasse, Miss Christie, Laura – alles schien sich von mir zu entfernen, als würde es von einem riesigen Staubsauger eingesaugt werden.

Ich sah, wie Laura aufstand und den Mund öffnete, aber ich konnte nicht verstehen, was sie sagte. Etwas oder jemand berührte mich an der Schulter und dann nahm ich nur noch wahr, wie sich eine Schwärze vor meinen Augen ausbreitete und ich in einen dunklen Strudel fiel.

»Nick! Träumst du?« Die Stimme - ich kannte sie. Jemand berührte mich an der Schulter. Ich zuckte zusammen und erwachte aus einer Art Trance. Vor meinen Augen tauchte das Klassenzimmer auf. Und Josh, der mit seiner Hand vor meinem Gesicht herumwedelte.

Ich schubste seine Hand weg. »Was soll der Mist?«

»Was das soll? Du warst gerade vollkommen weggetreten. Aber so was von. Egal, ich muss los!« Mit diesen Worten verließ er die Klasse und ich blickte ihm verwirrt hinterher.

»Nicholas?« Miss Christies Stimme ertönte in meiner Nähe. Die Lehrerin hatte ich noch gar nicht wahrgenommen, aber der Gedanke an ihre bloße Gegenwart jagte mir einen eiskalten Schauer über den Rücken.

»Möchtest du es nicht wiederhaben?« Sie nickte mir freundlich zu und erst jetzt sah ich mein Handy, das sie mir entgegenstreckte.

Was in drei Teufels Namen ging hier vor?

Es war nicht nur das Smartphone, das mich verwirrte, sondern auch der Aufsatz, den ich beim Direktor geschrieben hatte und der vor mir auf meinem Platz lag. Hatte ich das alles nur geträumt? Aber warum hatte es sich so echt angefühlt?

Ich drehte mich um 180 Grad und sah Laura, die gerade ihre Sachen zusammenpackte. Sie sah nicht so aus, als hätte sie gerade mit mir diese Hölle durchlebt.

»Aber … was für ein Traum«, sagte ich zu mir selbst, aber Miss Christie hörte es dennoch.

»Traum? Ich denke, du hast deine Lektion gelernt, oder? Also, worauf wartest du?« Sie schenkte mir erneut ein Lächeln und zwinkerte mir zu.

Mein Herz setzte einen Schlag aus, als ich panisch nach meinem Handy griff. Sobald ich Miss Christies Haut mit

meinen Fingern berührte, zuckte ich in Erwartung eines Stromschlags zurück. Aber nichts dergleichen passierte.
Als ich das Mobiltelefon aus ihrer Hand nahm, spürte ich die mir bekannte Kälte und erstarrte. Mindestens zwanzig Sekunden lang starrten wir uns nur an. Noch immer fielen mir die winzigen Falten um ihre Augen auf. Die Lehrerin wirkte erschöpfter als sonst, warum war mir das nur nie aufgefallen?
»Kommst du, Nick?«, unterbrach Laura die Stille. Der Bann war gebrochen. Miss Christie zog ihre Hand zurück und ich hielt mein Handy fest. Verunsichert beobachtete ich, wie meine Lehrerin zum Pult ging.
Was hatte das alles zu bedeuten?
In Zeitlupe steckte ich es in meine Tasche und räumte den Rest meiner Sachen zusammen.
»Meine Güte, bist du heute lahm. Angst vor Hausarrest? Oder dass du jetzt dein Handy abgeben musst?«
»Wie bitte?«, fragte ich und sah Laura verwirrt an.
»Na, wegen des Aufsatzes. Oder meinst du nicht, dass das richtig Ärger geben wird?«
»Ähm ...«
»Tante Wanda, Tante Wanda!«
Ich kannte diese Stimme!

Ich wirbelte herum und sah zur Tür, durch die mit großen Schritten und offenen Armen Richard kam. Er trug eine Baseballjacke, Jeans und die neuesten Sneaker. Hinter ihm erschien eine weitere Person im Türrahmen. Das konnte doch unmöglich sein. Was machte Calypso denn hier?

Ich musste noch immer in Miss Christies Welt gefangen sein. Das war sicher wieder eine Illusion, genauso wie der Wohnwagen.

Der Gedanke an diese Erlebnisse erfüllte mich mit einer unglaublichen Leere, gleichzeitig fühlte ich aber auch einen Stich in meinem Herzen und mein Magen krampfte sich zusammen.

»Können wir los, Tante Wanda?«

Die Worte drangen verzögert an meine Ohren. In Zeitlupe wandte ich mich Miss Christie zu und dann richtete ich meine Aufmerksamkeit wieder auf Richard und Calypso, die nebeneinanderstanden.

»Richard?« Es war nur ein Flüstern, das ich ausstieß, aber der Junge drehte sich zu mir um. In dieser Kleidung und mit den gegelten Haaren sah er so anders aus als in Miss Christies Albtraumwelt, aber seine Augen waren unverkennbar. Das war eindeutig Richard.

»Alles gut? Du siehst plötzlich so blass aus«, hörte ich Laura neben mir.

Warum erkannte sie ihn nicht? Sie hatte ihn doch auch gesehen und mit ihm gesprochen. Doch in ihren Augen flackerte keinerlei Wiedererkennen.
»Erkennst du ihn denn nicht?«
»Laura hat recht«, mischte sich Miss Christie ein und in diesem Moment wusste ich, dass sie dafür gesorgt hatte, dass sich Laura nicht mehr erinnern konnte. »Vielleicht solltest du besser daheim anrufen und dich abholen lassen.« Meine Lehrerin schulterte ihre Tasche und kam zu mir an den Tisch. »Ich würde ja anbieten, dich nach Hause zu bringen, aber«, sie deutete auf Richard und Calypso, »meine Schwester und ich haben einen Termin beim Direktor.« Sie zwinkerte mir verschwörerisch zu. »Es ist noch nicht offiziell, aber mir wurde eine feste Anstellung hier angeboten. Und da es für meinen Neffen Richard …«
»Tante Wanda, hör auf, mich Richard zu nennen. Du weißt doch ganz genau, wie ich diesen alten Namen hasse. Ich heiße Jaydon. Wie oft soll ich dir das denn noch sagen?«
»Na gut, da es für *Jaydon* nicht einfach ist, jede Woche in einer anderen Stadt zu sein, wird er euer neuer Mitschüler.«
Sie trat einen Schritt näher und flüsterte mir ins Ohr, dass nur ich es hören konnte. »Deswegen hoffe ich, dass du deine Lektion wirklich gelernt hast. Ich gebe meinen

Schülern nämlich nur eine Chance und es wäre doch schade, wenn ich mir das Ganze doch noch anders überlegen müsste.«

Für einen winzigen Moment veränderte sich der Klassenraum in meiner Vorstellung und ich sah erneut das Lehrerzimmer vor meinen Augen. Nur einen Wimpernschlag lang, aber sofort war die Angst wieder greifbar und Schweiß bildete sich auf meiner Stirn.

»Es liegt ganz in deiner Hand, Nick«, flüsterte sie und verließ dann zusammen mit Jaydon und Calypso das Klassenzimmer.

EPILOG

»Kannst du jetzt endlich mal dein dummes Handy zur Seite packen?«

»Ja, ja ...«

Das war echt zu viel. Ich riss Laura das Handy, auf dem sie eben noch herumgetippt hatte, aus der Hand, schaltete es aus und legte es unter die Decke. »Es ist Sommer, das Wetter 1A und wir sind hier, um Spaß zu haben.«

»Ja, aber ...«

Ich rollte verzweifelt mit den Augen. »Weißt du, wie du klingst?«

Jetzt grinste sie. »Nein, weiß ich nicht. Ich bin aber garantiert nicht so schlimm wie du. Außerdem spiele ich nicht. Ich wollte nur noch schnell das Kapitel zu Ende lesen.«

»Wenn du meinst«, antworte ich und grinste. Seit Emily ihr diese App empfohlen hatte, las Laura nur noch am Handy. Das ist viel günstiger, erklärte sie mir, nachdem ich sie damit aufgezogen hatte.

»Wer als Erster bei der Wasserrutsche ist«, rief Laura, sprang auf und rannte wie ein geölter Blitz los.

»Na warte!« Schon nach wenigen Metern hatte ich sie eingeholt, ohne dabei aus der Puste zu kommen. Was so ein bisschen Sport ausmachte.

Der Gedanke brachte mich zum Schmunzeln. Ja, im letzten halben Jahr hatte sich eine Menge bei mir geändert. Mein Handy beispielsweise nutzte ich kaum noch. Am Anfang musste ich es nur ansehen und schon bekam ich panische Angst. Zumal ich mit niemandem über die Geschehnisse reden konnte. Wer hätte mir das Ganze geglaubt?
Und mit der Zeit vermisste ich mein Handy überhaupt nicht mehr.
Das lag vielleicht auch daran, dass ich stattdessen viel häufiger mit Laura ins Kino ging, das Schwimmbad besuchte, beim Bowling oder im Einkaufszentrum war. Ich hatte ganz vergessen, wie viel Spaß das alles machte. Und auch meine Noten waren besser geworden. Zwar nicht so gut wie die von Laura, obwohl sie mir oft half, aber eindeutig besser als früher.
Vom Geld, das ich für mein Halbjahreszeugnis bekam, hatte ich mir Inliner gekauft. Seitdem war ich auch nicht mehr ständig außer Puste.
Während wir liefen, griff ich nach Lauras Hand und drückte sie fest. Sie sah mich an, und ich bemerkte, dass sich ihre Wangen röteten. Ja, auch das hatte sich geändert.
»Bereit?«, rief ich ihr zu und zog sie mit mir.

Auch im Kelebek Verlag erschienen:

Magie der Angst
Kimberlys verhängnisvolle Entscheidung
Sarah Drews

Die vierzehnjährige Kimberly fürchtet sich vor nichts. Zumindest behauptet sie das. Gern gibt sie sich lässig und spottet auch schon mal über andere. Auf dem Jahrmarkt gerät Kimberly damit an die falsche Person, nicht ohne Folgen.

Alltägliche Begebenheiten verwandeln sich in albtraumhafte Situationen, auf die sie keinen Einfluss hat.

Was ist Wirklichkeit, was Illusion?
Welche Rolle spielt die geheimnisvolle Calypso?
Kimberly ist verzweifelt. Ihr bester Freund Franklin lässt sie nicht im Stich, doch ihnen bleibt nicht viel Zeit, das Geheimnis zu lüften.

ISBN: 9783947083107